MW01529149

MESSIEURS LES RONDS-DE-CUIR

GEORGES COURTELINE

MESSIEURS LES RONDS-DE-CUIR

Chronologie et introduction
par
Francis Pruner
professeur à la Faculté des Lettres
et Sciences humaines de Dijon

GF-Flammarion

ISBN 2-08-070106-1

CHRONOLOGIE

1858 (25 juin) : Naissance à Tours, rue de Lariche (aujourd'hui : Georges-Courteline), de Georges-Victor-Marcel Moineau, second fils de Joseph-Désiré Moineau (dit : Jules Moinaux), sténographe au Palais de justice de Paris, chroniqueur à *la Gazette des tribunaux*, auteur dramatique, et de Victorine-Françoise Perruchot.

1858-1870 : Enfance mi-parisienne mi-tourangelle. A Tours chez les grands-parents paternels et maternels. A Paris, rue de Chabrol, et l'été à Montmartre, rue de la Fontenelle, dans un pavillon à jardinet resté cher à la mémoire de Courteline.

1871 (mai) : Les Jules Moinaux, fuyant « la Commune » de Paris, se réfugient à Iverny, près de Meaux.

1871 (octobre) : Georges Moineau entre comme pensionnaire au collège de Meaux.

1871-1876 : Il y fait toutes ses études secondaires jusqu'à la première partie du baccalauréat. Assez bon élève (malgré la légende), mais contacts douloureux avec l'internat et avec quelques professeurs tyranniques.

1876-1877 : Georges Moineau achève ses études (classe de philosophie) à Paris au collège Rollin. Échoue à la seconde partie du bachot.

1877-1879 : Contrarié par son père, qui l'oblige à prendre un emploi et ne songe qu'à le décourager de faire carrière d'écrivain, trouve une place aux « Bouillons Duval » (service des fiches).

1879-1880 : Service militaire au 13e régiment de chasseurs à cheval de Bar-le-Duc. Au bout de six mois (dont deux au moins passés à l'infirmerie et à l'hôpital), obtient un long congé de convalescence à Paris, puis une réforme définitive.

1880 : Jules Moinaux parvient, grâce à son ami Flourens, à caser son fils (dont il n'est pas fier) dans un emploi au ministère de l'Intérieur (service des cultes). Courteline conservera sa fonction bureaucratique jusqu'en 1894.

1881 (1er mars) : Sous le pseudonyme définitif de Georges Courteline, fonde avec Jacques Madeleine et Georges Millet la revue *Paris moderne* (Vanier, éditeur), revue de poètes (où paraîtra, entre autres vers de Verlaine : *Art poétique*). Pendant deux ans, Courteline y publie des poèmes et des contes dans le genre érotique de Catulle Mendès, son Maître et bientôt grand ami.

La même année, Jules Moinaux commence à publier *les Tribunaux comiques* (5 volumes jusqu'à 1888).

1883-1885 : Courteline entre comme chroniqueur aux *Petites Nouvelles quotidiennes* (directeur : René Martin-Saint-Léon).

1884 (fin mai) : premier ouvrage édité de Courteline : *les Chroniques de Georges Courteline*, à la librairie des Petites Nouvelles quotidiennes (prime gratuite distribuée aux abonnés et aux acheteurs des numéros du 5 et du 6 juin).

1884 (19 juin) : Vif succès d'une chronique « militaire » : *la Soupe*. Point de départ de toute une série de « Souvenirs de l'escadron » (jusqu'à juin 1885).

1885 (31 mai) : Courteline fait partie des douze poètes qui veillent autour du catafalque de Victor Hugo sous l'Arc de Triomphe.

1886 : Publication chez Marpon-Flammarion des *Gaîtés de l'escadron*.

Jules Moinaux fait paraître chez J. Lévy : *le Bureau du commissaire*.

1887 : Chez Marpon-Flammarion : *le 51ᵉ Chasseurs.*

1885-1887 : Série de chroniques : *les Femmes d'amis,* aux *Petites Nouvelles,* puis à *la Vie moderne* (rédacteur en chef : Gaston Lèbre).

1888 : *Les Femmes d'amis* (Marpon-Flammarion).
Le Train de 8 heures 47 paraît dans *la Vie moderne,* puis chez Marpon-Flammarion.
Jules Moinaux publie *les Gaietés bourgeoises.*

1890-1894 : Chroniques régulières à *l'Echo de Paris* *(Ombres parisiennes),* signées : Jean de la Butte, en l'honneur de Montmartre, où il élit domicile, 89, rue Lepic (jusqu'en 1903). Y publie sous son pseudonyme consacré de Courteline quelques-uns de ses meilleurs contes, et, en feuilleton, d'août 1891 à mars 1892 : *Messieurs les ronds-de-cuir,* et, du 26 juillet au 2 septembre 1893 : *les Hannetons* (qui deviendront, vingt ans plus tard : *les Linottes).*

1890 : *Madelon, Margot et Cie* (Marpon-Flammarion) et *Potiron* (ib.).

1891 (8-9 juin) : Débuts de Courteline au théâtre : *Lidoire,* un acte joué à la fin du septième spectacle (saison 1890-1891) du Théâtre Libre d'Antoine (deux soirées privées réservées à la presse et aux abonnés).

1892 (7-11 juillet) : *Boubouroche* paraît sous forme de nouvelle dans *l'Echo de Paris.*
Lidoire et la Biscotte, nouvelles (Flammarion).
Le Monsieur au parapluie, roman de Jules Moinaux (Flammarion).

1892 (16 avril) : Création au Nouveau Théâtre d'une revue en quinze tableaux, signée de Catulle Mendès et Georges Courteline : *les Joyeuses Commères de Paris.* Deux de ces « joyeuses commères » joueront dans la vie sentimentale de Courteline un grand rôle : Suzanne Fleury, dite Berty, qui deviendra la première Mme Courteline; Jeanne Bernheim, dite Brécourt, qui sera la deuxième.

1892 (25 juillet-14 novembre) : publication, en feuilletons, d'une série de scènes dont Courteline se servira pour la rédaction du roman *Messieurs les ronds-de-cuir*.

1893 : *Messieurs les ronds-de-cuir* (préface de Marcel Schwob) (Flammarion).
(27-28 avril) : Création de *Boubouroche* (2 actes) au Théâtre Libre. Consécration de l'auteur dramatique.

1894 : *Ah! Jeunesse!...* (Flammarion).

1894 (14 décembre) : Au Théâtre d'Application (directeur : Bodinier) : première de *la Peur des coups* (avec Suzanne Berty dans le rôle féminin).

1895 (18 février) : Première des *Gaîtés de l'escadron*, « revue militaire en trois actes et 9 tableaux » (écrite en collaboration avec Edouard Norès), au théâtre de l'Ambigu.
Le Monde où l'on rit, dernière œuvre de Jules Moinaux (Flammarion).

1895-1896 : Chroniques de Courteline au *Journal*.

1895 (3 décembre) : Mort de Jules Moinaux.

1896 (24 août) : Création au Carillon d'*Un client sérieux* (Tervil dans le rôle de Lagoupille).

1897 (15 mars) : Au théâtre du Grand-Guignol : *Hortense, couche-toi!* « saynète mêlée de chœurs », musique de Lévadé.

1897 (13 avril) : Au Grand-Guignol : *Monsieur Badin*.
(29 septembre) : Ouverture du théâtre Antoine avec *Boubouroche* (et *Blanchette*, de Brieux).

1897 (10 octobre) : Au Grand-Guignol : *Théodore cherche des allumettes*.

1898 (7 février) : Au Grand-Guignol : *les Boulingrin*.

1899 (27 janvier) : Au théâtre Antoine : *le Gendarme est sans pitié* (Gémier dans le baron Larade).

1899 (2 février) : Banquet chez Marguery à l'occasion de la Légion d'honneur de Courteline.
(18 mai) : Théâtre Antoine : reprise des *Gaîtés de l'escadron*. Succès plus décisif qu'à l'Ambigu.
(16 décembre) : Au Gymnase : *le Commissaire est bon enfant*.

1900 (9 février) : La même pièce au théâtre Antoine (autre distribution!).

1900 (12 décembre) : *L'Article 330*, au théâtre Antoine.

1901 : Première édition collective du Théâtre de Courteline sous le titre : *les Marionnettes de la vie* (1 volume, Flammarion).

1901 (26 novembre) : *Les Balances*, au théâtre Antoine.

1902 (mai) : Mort de Mme Georges Courteline.

1903 : Courteline quitte — définitivement — le quartier Montmartre et va s'installer au 43, avenue de Saint-Mandé, non loin de sa mère.

1903 (25 novembre) : *La Paix chez soi*, au théâtre Antoine.

1905 (15 janvier) : A la Comédie-Française (283e anniversaire de la naissance de Molière) : *la Conversion d'Alceste* (un acte en vers, écrit à la fin de 1902).

1906 (1er janvier) : Représentation à la Boîte à Fursy de : *Mentons bleus, scène de la vie de cabots* (écrite en collaboration avec Dominique Bonnaud).

1906 (5 juillet) : Entrée de *la Paix chez soi* au répertoire de la Comédie-Française (de Féraudy : Trielle ; Marie Lecomte : Valentine).

1907 (15 mai) : Mort de Mme Jules Moinaux.

1907 (2 décembre) : Mariage de Courteline avec Jeanne Brécourt (« Marie-Jeanne »).

1909 (27 février) : Théâtre de la Renaissance (directeur Lucien Guitry) : première de *la Cruche* ou *J'en ai plein le dos de Margot*, deux actes écrits en collaboration avec Pierre Wolff. Le public est dérouté par la note sentimentale qui mêle l'émotion au rire (Pierre Wolff n'y est pour rien : les scènes émouvantes appartiennent à Courteline seul).

1910 (21 février) : *Boubouroche* (revu et augmenté) entre à la Comédie-Française.

1912 (octobre) : *Les Linottes* paraissent chez Flammarion : adieux attendris de Courteline à sa jeunesse et à la création littéraire.

1913 (15 mars-29 avril) : Voyage avec sa femme en Afrique du Nord et en Italie.

1913 (été) : Voyage en Belgique, Hollande, Allemagne, Norvège.

1914 (avril-mai) : Voyage en Afrique et en Espagne.

1914-1918 : Durant la Guerre mondiale, Courteline et sa femme vivent surtout à Tours (fréquentant Anatole France et Lucien Guitry).

1917 : *La Philosophie de Courteline* (Flammarion) : l'amertume du sage se colore de spiritualisme religieux.

1918 : Deuxième édition collective du Théâtre en deux volumes (Flammarion).

1919 (5 février) : *La Cruche*, à la Comédie-Française. Accueil aussi gêné qu'à la création.

1921 (4 août) : Courteline commandeur de la Légion d'honneur.

1922 : Deuxième édition revue et augmentée de *la Philosophie de Courteline*.

1925-1927 : Courteline corrige et annote ses œuvres complètes, première édition collective en 13 volumes (Bernouard).

1925 (7 janvier) : Amputation de la jambe droite au-dessus du genou (hôpital Péan).

1926 (24 juin) : Grand prix d'Académie à Courteline.

1926 (24 novembre) : Élection à l'Académie Goncourt au siège de Gustave Geffroy.

1927 (21 novembre-2 décembre) : Exposition à la galerie Bernheim de la collection Courteline « Musée des horreurs ».

1929 : Troisième édition collective du Théâtre en trois volumes, chez Flammarion.

1929 (23 juin) : Amputation de la jambe gauche (à l'hôpital Péan).

1929 (mardi 25 juin, à 12 h 50) : Mort de Georges Courteline, le jour anniversaire de sa naissance, à l'âge de soixante et onze ans.

INTRODUCTION

Courteline était encore expéditionnaire à la Direction des Cultes lorsqu'il commença, le 24 août 1891, à *l'Écho de Paris* une série « d'humoristiques études de la vie de bureau » sous le titre général de *Messieurs les ronds-de-cuir*. S'astreignant à la cadence régulière d'une chronique tous les quinze jours, Courteline persévéra dans sa tâche jusqu'au 7 mars 1892. Après quoi, lassé sans doute d'une obligation trop uniforme et d'un effort trop prolongé, il reprit sa fantaisiste démarche de chroniqueur et de conteur libre de choisir ses sujets où bon lui semble, y compris dans la « vie de bureau ». Du 25 juillet au 14 novembre parurent ainsi irrégulièrement, sans mention du titre de la première série, une série de scènes dont effectivement Courteline tira moins profit lors de la rédaction du roman définitif, mais auxquelles il ne renonça cependant pas absolument. Avec *l'Enterrement du chef de bureau*, le 14 novembre 1892, prennent fin les récits d'humour bureaucratique dont allait aussitôt se servir Courteline pour la confection de *Messieurs les ronds-de-cuir*. Le 17 avril 1893 cependant il confiait encore à *l'Écho de Paris* une chronique où il relatait ses souvenirs personnels d'une soirée passée au *Mirliton* en compagnie du peintre Lucien Durvis : on y trouve, aux noms des visiteurs près, la même description que dans le dernier « tableau » du roman. Mais cette fois il semble évident que la chronique fut rédigée à partir du livre, à l'inverse de toutes les autres. Le seul renseignement précis que fournit l'avant-propos ajouté par Courteline en 1926 à l'édition Bernouard de *Messieurs les ronds-de-cuir* concerne en effet la date d'achèvement du manuscrit : le 21 avril 1893, donc quatre jours après la chronique de *l'Écho*. Faisant d'une pierre deux coups, l'auteur utilisa évidemment les dernières pages de l'œuvre sur laquelle il peinait pour satisfaire aux exigences impératives du journalisme. Une confidence de la chronique permet de confirmer le sens narquois de la conclusion du roman : « *Un mien copain... m'y entraîna (au Mirliton) un peu malgré moi, je l'avoue, tant je porte et portai de tout temps en mon âme le saint effroi des turbulences.* »

La date du 21 avril 1893, rapprochée de celle de la dernière chronique de *l'Écho* plus ou moins amalgamée dans l'ensemble romanesque, prouve que le travail de refonte fut en somme assez rapide : cinq mois suffirent pour transformer le matériau discontinu des chroniques en une œuvre artistiquement élaborée. Prouesse fort méritoire de la part d'un écrivain qui s'est toujours proclamé paresseux avec délice !

Rien ne peut mieux servir à caractériser la création littéraire chez Courteline que la confrontation entre le premier jet du texte « journalistique » et le roman élaboré. Écrivain primesautier et incapable d'échafauder à l'avance le plan d'une œuvre de longue haleine, parfait nouvelliste mais romancier occasionnel, Courteline procède en peintre, non en architecte : la seule unité qu'il entrevoit au point de départ est celle du lieu où se dérouleront une série de scènes que son imagination se donne d'abord la liberté de concevoir sans nul lien de continuité entre elles. C'est ainsi qu'il préluda, à *l'Écho de Paris*, le 24 août 1891, par l'évocation de la Direction Générale imaginaire des Dons et Legs, qu'il ne se donna même pas la peine de situer dans Paris ailleurs que la Direction des Cultes, rue Vaneau, qu'il connaissait trop bien. Et dans ce décor général sinistre comme une « caserne », il fixa également *ne varietur* le lieu privilégié de l'action : la « Division » des Legs et le bureau du chef de La Gournerie (modifié ultérieurement en de La Hourmerie par suite de la protestation d'un lecteur homonyme).

La scène initiale entre l'expéditionnaire Lahrier et le chef de bureau mettait déjà en cause quatre personnages dont les deux protagonistes (qui n'étaient pas sans ressemblance avec M. Badin et le chef de bureau dont les démêlés avaient fait l'objet d'une chronique de *l'Écho*, le 29 juin 1890) et deux autres simplement évoqués en cours de conversation, mais destinés évidemment à être bientôt portraiturés : les deux expéditionnaires Soupe et Letondu. Les démêlés de Lahrier et de son « compagnon » Soupe firent en effet l'objet de la seconde « chronique ». La « pittoresque silhouette » du Sous-Chef Petit-Boudin (rebaptisé par la suite plus noblement Théodore Van der Hogen) vint s'intercaler mystérieusement (sans autre lien que ses rapports avec son supérieur immédiat) entre la première scène consacrée à Soupe et l'extravagant tableau du « Bain de pieds ». Enfin Letondu, le fou, occupa trois numéros de *l'Écho* comme il occupera sans variante le troisième « tableau » du roman, entouré de quelques nouveaux personnages : le rédacteur Chavarax, le chef du matériel Bourdon, le Directeur M. Nègre. Ayant ainsi présenté du dedans la vie bureaucratique, Courteline se lance alors dans le récit suivi d'une longue « affaire » ministérielle : l'histoire du legs Quibolle, d'un comique très différent puisqu'il repose sur le procédé infaillible de l'ahurissement d'un « ingénu » égaré dans le monde de l'absurde. Le vieux Conservateur du musée de Vanne-en-Bresse perdu dans le labyrinthe administratif tombait d'abord sur Lahrier au moment où celui-ci, « *le visage barbouillé d'une couche de craie, le nez entièrement habillé d'une carapace de pains à cacheter écarlate* », accroupi près de la porte, guettait le retour du père Soupe, et c'était dans cet accoutrement grotesque qu'il proférait sentencieusement sur le legs Quibolle les assurances en apparence les plus autorisées; puis, parti à la recherche du bureau de La Hourmerie, le malheureux Conservateur parcourait les couloirs et les escaliers de la Direction dans tous les sens — vrai cauchemar à la Kafka (mais en plus original) — surprenait, au hasard de portes ouvertes, Gourgochon en train d'astiquer les vieux chapeaux de ses collègues; Douzéphir et Gripothe se livrant en cachette aux joies de l'escrime; l'huissier régalant les garçons de bureau d'un « *petit five o'clock de famille* ». De plus en plus interloqué — et épuisé — le petit vieux pénétrait encore dans sept bureaux au moins, assistant à des séances de spiritisme, à des cóncerts de violon, de flûte, etc., ne voyant, de Petit-Boudin, « *que les jambes perchées au faîte d'une échelle (toute la partie supérieure de cet employé, supérieur aussi, disparue au fond d'un placard)* »; trouvant Letondu, le fou, « *en train de se peinturlurer le ventre avec de l'huile de foie de morue* » et enfin dérangeant l'expéditionnaire Morissel au moment même où il embrassait fougueusement sa petite amie Gabrielle à laquelle il avait jugé bon de donner rendez-vous dans son bureau : d'où ce mot de la fin (lestement en situation) que hurlait l'expéditionnaire amoureux au visiteur intempestif : « *Allez vous faire f... !* »

Après un tel morceau de bravoure, visiblement, Courteline perd pied. Il revient à Letondu dont la folie ne fait qu'« *embellir à vue d'œil et croître* », et qui dérange tout le service par ses impairs; puis au Conservateur du musée de Vanne-en-Bresse, qui, dans une seconde visite au Ministère, ne se perd pas moins que lors de la première. Symbole, hélas! de l'auteur qui fit effective-ment de cette « chronique » la dernière de la série titrée *Messieurs les ronds-de-cuir*.

Les quelques scènes de la vie de bureau, qu'il dis-persa ensuite dans ses chroniques de *l'Écho de Paris*, évoquaient, l'une, une nouvelle dispute de Lahrier et du père Soupe; l'autre, l'histoire de l'expéditionnaire Sainthomme contée d'une seule traite jusqu'à l'obten-tion des palmes académiques si longtemps convoitées; la dernière enfin, l'enterrement de La Hourmerie (mort naturellement) et les réjouissances qui suivirent dans un établissement à gros numéro.

Le plan a posteriori de *Messieurs les ronds-de-cuir* (version livresque) demeure en somme tributaire de l'ordre adopté au départ par le chroniqueur : une présentation des personnages dans leurs rapports mutuels, puis un épisode privilégié qui permet d'élargir la vision du milieu dépeint, tout en la modifiant par l'introduction d'un personnage de spectateur malgré lui. Courteline n'eut pas grand mal à intégrer Sainthomme dans la première partie de son roman et à disperser son histoire selon l'évolution d'ensemble de la situation. Mais le trait de génie (qui prouve à lui seul l'excellence de la méthode de composition adoptée par l'auteur), ce fut de trouver un joint entre l'enterrement du chef de bureau et l'épisode du fou, et davantage encore : de faire déboucher la déambulation du Conservateur du musée de Vanne-en-Bresse à travers les dédales du Ministère, sur l'entrée dans le bureau tant cherché de M. de La Hourmerie juste après l'assassinat du chef par Letondu : après avoir annoncé Kafka, Courteline rejoignait soudain Dostoïevski! Cette double trouvaille semble avoir commandé l'ordonnance définitive du livre : rien ne devenait plus logique (dans cette histoire de fou) que d'acheminer jusqu'à la catastrophe sanglante le maintien de Letondu dans ses fonctions, après avoir si précisément expliqué les efforts malheureux de La Hourmerie pour obtenir son renvoi, le refus absurde opposé par M. Nègre à cette demande si raisonnable (pour la seule raison que M. Nègre *contre* systématiquement toutes les initiatives de son inférieur hiérarchique) et les progrès effrayants de la démence chez l'expéditionnaire qui ne voit plus dans La Hourmerie que son tortionnaire. Le conflit entre La Hourmerie et M. Nègre devenant le pilier essentiel de la première partie (conjointement avec l'épisode du fou), Courteline n'avait plus qu'à organiser en fonction de cette *idée-force* l'ensemble des scènes initiales, et à faire converger vers un deuxième heurt symétrique entre le chef de bureau et le directeur les épisodes relatifs à Lahrier, cette autre bête noire de La Hourmerie. Primitivement, la scène d'ouverture entre Lahrier et son supérieur immédiat n'entraînait d'autre conséquence que les représailles exercées aussitôt par Lahrier sur son collègue immédiat, le vieux père Soupe devenu son souffre-douleur. Dans le roman elle inaugure vraiment le cycle infernal de l'Absurde administratif : le chef ne songera plus qu'à trouver l'occasion

de renvoyer l'employé « carotteur », il la trouvera,
mais M. Nègre refusera de congédier Lahrier. Il
fallait donc donner à Lahrier une importance égale à
celle de Letondu : pour accroître le volume de ce
personnage de prime abord assez mince, Courteline
alla soustraire à l'histoire du Legs Quibolle l'épisode
de l'expéditionnaire Morissel; il attribua à Lahrier
l'idée de donner rendez-vous à sa maîtresse dans son
bureau (pour éviter de s'attirer les foudres de M. de La
Hourmerie s'il s'absente pour profiter du seul jour
libre dont jouit la petite amie), et il fit du chef lui-même
celui qui ouvre la porte du bureau de Lahrier au
moment fatal.

Courteline n'hésita pas non plus à faire passer dans
sa première partie dorénavant solidement charpentée
tout ce qui avait trait à Lahrier dans *le Legs Quibolle* :
cela lui permit de « préparer » le point culminant de
son livre (la journée de la grande errance du vieux
conservateur dans la maison que hante la folie) : les
deux visites au Ministère de l'infortuné légataire
prirent ainsi une cohérence littéraire qui leur faisait
défaut dans les chroniques de *l'Écho*. La première
fois, le vieil homme va droit au bureau de M. de La
Hourmerie, où il entre alors que Lahrier vient tout
juste de subir la semonce de son chef (l'unité théma-
tique du roman ne pouvait dès l'*ouverture* être affirmée
avec plus de rigueur). C'est devant son supérieur que
Lahrier donne au légataire les assurances officieuses
qui, dans la version originelle, n'étaient que fanfa-
ronnades sans conséquence rendues grotesques par
l'accoutrement de celui qui les proférait, mais qui,
dans le nouveau contexte, prennent valeur de gaffe
intentionnelle, de déclaration de guerre, de riposte
immédiate au chef qui vient de le menacer de renvoi,
et donc de péripétie nécessaire au développement
de l'intrigue. Et (dans l'ordre inverse de la chronique)
c'est au moment où le Conservateur du musée de
Vanne-en-Bresse, cherchant la sortie de la Direction,
s'égare dans le dédale des couloirs, qu'il frappe à la
porte de Lahrier et le surprend dans la ridicule posture
que nous savons : ébauche saisissante des ahurisse-

ments que réservent au visiteur ses futurs égarements dans la même maison.

Mais ces amputations infligées à la « seconde partie » ne présentaient pas uniquement des avantages : elles introduisaient aussi un déséquilibre que Courteline, je crois, a perçu mais auquel il ne pouvait guère remédier. Il lui était en effet difficile, sous peine de redite, de remettre en contact de nouveau Lahrier et le Conservateur de musée lors de la grande équipée épico-burlesque de ce dernier : il ne pouvait plus en conséquence récapituler, comme dans le récit de l'*Écho*, toutes les situations ridicules où il était naturel de culbuter les principaux personnages de la « première partie ». En excluant de l'épisode culminant du livre tout nom connu du lecteur, Courteline accroissait l'effet d'étrangeté au détriment de celui d'unité qui jusqu'alors semblait être sa préoccupation majeure; il ne l'utilisait plus que pour suggérer autour du lieu privilégié qu'il avait dépeint des prolongements infinis et non moins déconcertants, et pour mieux ménager la plongée subite dans l'horreur, inattendue dans un roman en apparence si humoristique. Mais si l'épisode du fou, dont les inquiétants prolongements étaient à dessein tracés dans le premier chapitre du cinquième « tableau », trouvait à la fin dudit tableau son digne aboutissement, les ultimes développements de l'épisode Lahrier-père Soupe, narrés dans le deuxième chapitre juste avant l'admirable troisième consacré au Conservateur du musée de Vanne-en-Bresse, constituaient, eux, une véritable conclusion, puisque Lahrier disparaissait ensuite pour ne plus guère jouer, d'ailleurs, dans le sixième et dernier « tableau » qu'un rôle de simple comparse. On peut assurément considérer qu'en « disparaissant » à dater du moment où il est happé définitivement par la machine administrative, Lahrier acquiert valeur de symbole, incarnant les derniers soubresauts de la jeunesse devant l'anéantissement qui la guette et que préfigure, hélas, le père Soupe. Il ne lui reste plus que l'abominable satisfaction de passer sa rage sur son souffre-douleur, c'est-à-dire à devenir un parfait rond-de-cuir comme les autres. Ainsi le montre la conclusion du roman où il ne se distingue en rien de ses collègues. (Qu'est devenue son amoureuse? Mystère...). Mais, s'agissant d'un personnage auquel Courteline avait cru devoir accorder l'honneur du premier chapitre de son roman (entièrement original) et qui donc prenait figure de meneur de jeu, la désinvolture de l'auteur semble malheureusement trahir plutôt la conscience d'une impasse dont il ne sut comment sortir qu'une intention d'art à la hauteur de toutes celles qu'il exécuta si parfaitement dans son œuvre.

La seule défaillance technique de Courteline réside dans la place privilégiée qu'il sembla accorder à Lahrier dans les premières pages de son roman : le lecteur put croire qu'il n'était que le prête-nom de l'auteur, le héros sympathique, etc. La dégradation du héros en zéro (comme on écrivait il y a une quarantaine d'années) est trop rapide, dans une œuvre aussi brève, pour ne pas déconcerter. Dans la conclusion, en revanche, Courteline reste égal à la maîtrise qu'il manifeste dans la majeure partie de son chef-d'œuvre romanesque. L'assassinat de La Hourmerie lui permettait de synthétiser en quelques pages les intrigues autour d'une succession qu'il avait fallu chez Balzac l'ampleur d'un roman pour mettre à jour. Je ne trouve pas dans *les Employés* une scène qui approche de l'audace imaginative qui, au-delà de toute vraisemblance mais plus vraie que la vérité même, guide la plume de Courteline au moment où il rédige, sans l'aide d'une chronique antérieure, l'extraordinaire scène de la visite de Chavarax à M. Nègre, auquel il vient annoncer, le premier, l'assassinat du chef de bureau et que, passant brusquement à de plus graves sujets, il assourdit incontinent de tant de chiffres, de réclamations, etc., que M. Nègre est contraint pour gagner la sortie de demander, à genoux, à l'impitoyable postulant la grâce d'accepter sa nomination de sous-chef. Le chapitre suivant étoffe les deux thèmes essentiels des chroniques : *Sainthomme* et *l'Enterrement du chef de bureau*, en les accordant harmonieusement avec la grande et simple ligne de force de la composition d'ensemble : principal respon-

sable de la mort de La Hourmerie, sa *bête noire*,
M. Nègre préside « *royalement* » à ses funérailles
officielles, honore sa mémoire d'une oraison funèbre
éloquemment creuse, puis, à peine la cérémonie
terminée, convoque ses administrés pour une autre
cérémonie au Ministère : nouveau discours sur les
beautés de l'Administration, puis lecture des arrêtés qui
organisent le mouvement au mépris de toute justice,
contrant par-delà la mort les vœux du chef de bureau.
Le vieux Bourdon, ennemi acharné du défunt, échap-
pant à une mise à la retraite qu'il redoutait, devient
soudain généreux (aux frais de l'État, il est vrai) et
offre à ses collègues une tournée au cabaret montmartrois de la Crécelle.

Courteline a eu raison de remplacer la virée primi-
tive en maison close par une soirée chez Bruant.
Le Train de 8 heures 47 avait, si j'ose dire, épuisé
littérairement le premier thème et, s'il est vrai que le
rapprochement entre le Rond-de-Cuir et le Soldat
méritait d'être souligné, la redite n'en constituait
cependant pas moins une faiblesse et une facilité. Il
était plus inattendu et plus saisissant de parachever
l'évocation de l'univers sado-masochiste des Ronds-
de-Cuir, de la maison d'aliénés (sociaux et mentaux)
par celle de la maison de plaisir à l'usage des maso-
chistes et des aliénés. Le bureaucrate (comme le
collégien interne et le soldat) est tellement annihilé
par la vie collective qu'il ne peut plus concevoir
d'échappées sinon dans de grotesques divertissements
bruyamment grégaires. S'évadant des brimades monstrueuses de sa vie quotidienne il court se mêler au
troupeau, et, dans une étouffante promiscuité, subir
avec délices les quolibets insultants et les rengaines
brutales d'un chansonnier sadique qui a su trouver la
vogue en exploitant la jobardise et le masochisme du
« Français moyen ». Que Lahrier, en fin de livre, se
satisfasse de ces turbulences au prix fort, lui qui, au
départ, savait encore savourer la bonne tiédeur du
printemps parisien et les délices de l'amour, suffit à
prouver la puissance maléfique et dissolvante de la
« vie de bureau ».

Je ne sais si l'on s'est jamais avisé que le brillant parallèle tracé par Albert Thibaudet, dans son *Histoire de la littérature française*, entre *les Employés* de Balzac et l'œuvre homonyme d'Henri Monnier, reposait sur une fiction à la Donogoo, car il n'a jamais existé de roman de Monnier titré *les Employés*, mais seulement un album de lithographies coloriées intitulé : *Mœurs administratives* (1828) d'ailleurs introuvable à la Bibliothèque nationale. Comme il ne peut y avoir de comparaison équitable qu'entre des ouvrages de même nature, je ne vois pas l'utilité de confronter une œuvre romanesque à une série de caricatures que d'ailleurs Balzac n'ignora pas, puisqu'il a fait jouer à l'une d'elles un rôle précis dans son roman et fait du caricaturiste même l'un de ses héros, le plus caricaturé de tous. Le seul parallèle admissible demeure celui des deux grands romans de « mœurs administratives » du 19e siècle français : *les Employés* de Balzac (1837) et *Messieurs les ronds-de-cuir* (1893), quoique l'intérêt en soit limité dans l'ignorance où nous sommes de la culture livresque de Courteline. Si nous admettons qu'il connaissait fort bien l'œuvre de son *pays* Balzac, à quoi bon souligner des différences obligées et intentionnelles? Et s'il l'ignorait, serons-nous bien avancé, lorsque nous aurons dit qu'ils ne se rencontrent absolument pas? Je retiendrai toutefois des *Employés* une page admirable qui semble prophétiquement expliquer le « cas » de Georges Courteline : « (Il faut) *avoir hanté les bureaux pour reconnaître à quel point la vie rapetissée y ressemble à celle des collèges; mais partout où les hommes vivent collectivement, cette similitude est frappante : au régiment, dans les tribunaux, vous retrouvez le collège plus ou moins agrandi. Tous ces employés, réunis pendant leurs séances de huit heures dans les bureaux, y voyaient une espèce de classe où il y avait des devoirs à faire, où les chefs remplaçaient les préfets d'étude, où les gratifications étaient comme des prix de bonne conduite donnés à des protégés, où l'on se moquait les uns des autres, où l'on se haïssait et où il existait néanmoins une sorte de camaraderie, mais déjà plus froide que celle du régiment, qui elle-même est moins forte que celle des collèges (...) Enfin, les bureaux, n'est-ce pas le monde en petit, avec ses bizarreries, ses amitiés, ses haines, son envie et sa cupidité, son mouvement de marche quand même, ses frivoles discours qui font tant de plaies, et son espionnage incessant ?* » (fin du chapitre IV). Tous les cycles de l'enfer de la vie collective dont Balzac ne parcourut douloureusement que le premier, Courteline a eu le triste privilège de les avoir traversés successivement : l'internat, la caserne, le bureau. Ajoutons : les tribunaux, à travers l'expérience professionnelle de son père! L'unité fondamentale de son inspiration découle de la loi psychique et sociale formulée par Balzac : il n'a jamais peint que ce qu'il a ressenti — avec une indicible intensité — durant sa longue vie de collégien à Meaux. S'il n'a que peu exploité la veine scolaire, la caserne et le bureau ont trouvé en lui le peintre le plus véridique et le plus exaspéré parce qu'il les *reconnaissait* avec son âme de gosse et de poète exilé. A l'inverse de Balzac qui, somme toute, a imaginé le monde bureaucratique à travers ses souvenirs d'internat, les lithographies de Monnier et ses idées politiques, Courteline resta expéditionnaire quatorze années. L'antibureaucratisme de Balzac tient à ses convictions monarchistes : il voit dans la multiplication des employés subalternes associés à la gestion de l'État un danger public minant à la longue l'Autorité qui selon lui ne peut reposer que sur un seul; il les compare aux *tarets* qui « *ont mis la Hollande à deux doigts de sa perte en rongeant ses digues* » (image zoologique trop particulière pour pouvoir passer dans la langue populaire, comme le fera aussitôt l'expression « rond-de-cuir », que Courteline d'ailleurs n'a pas inventée, mais seulement popularisée à l'extrême). Il les dépeint dans leur inintelligence, leur nocivité et leur force redoutable. Il jette un cri d'alarme en montrant leur triomphe final assuré par la complicité des Ministres de la Restauration. Il voit dans la Révolution de Juillet la preuve de sa démonstration... Il fait rêver son héros sympathique, Rabourdin, d'une pyramide administrative harmonieusement restituée, montrant ainsi le mal et le remède. Courteline ne peut avoir ni cette vision ni ces convictions : il reste à trente-trois ans l'enfant broyé par la machine administrative. Il bouffonne sur ce qu'il sait et ce qu'il voit. Et que voit-il de cet œil sans pitié habitué depuis toujours à scruter le visage des tyranneaux qui exigent la discipline comme seule vertu? Il décèle le vice fondamental de ces institutions hiérarchisées où l'autorité croît en hargne au fur et à mesure qu'elle se transmet aux échelons inférieurs. Pour la raison bien simple que le subalterne qui commande est lui-même commandé et que le comble de l'absurdité réside précisément dans la délégation d'un pouvoir à un inférieur. Le « sous-ordre » est un être humilié qui soulage ses blessures d'amour-propre en humiliant ceux qui lui doivent obéissance. Balzac, en psychologue classique, avait fait de la jalousie le ressort essentiel de la conduite des subalternes. Courteline avait-il lu Gogol *(le Manteau, le Journal d'un fou)* et Dostoïevski *(Humiliés et offensés)*? Nous l'ignorons car nul plus que lui ne fut apparemment plus indifférent à la littérature des autres (à l'exception de Hugo, mais, après tout, *les Misérables* purent suffire à l'initier!) Mais s'il est hasardeux de parler d'influence, on peut du moins constater que notre Tourangeau est plus proche des romanciers slaves que de son compatriote immédiat. Il n'a pas vu dans l'expéditionnaire, pas plus que dans le soldat, l'ennemi juré de toute supériorité, mais seulement l'homme écrasé, humilié par la persécution constante d'un supérieur qui par zèle exerce contre lui une hargne qu'il ne peut manifester à l'adresse de son propre supérieur. C'est en dernier ressort sur l'être sans défense que viennent ricocher tous les coups subis aux échelons supérieurs par quiconque commande par délégation. Et lorsqu'il n'y a plus d'inférieur hiérarchique sur qui passer sa rage, on se venge sur le collègue diminué physiquement et réduit à l'état de loque humaine par l'absurdité du système : ainsi

Lahrier sur le père Soupe. Toutes les variétés infinies du sado-masochisme s'exaspèrent dans le vase clos des régimes hiérarchiques. Les « supérieurs » s'en lavent les mains, les inférieurs n'ont d'autre issue que la folie, le gâtisme, l'excès de zèle ou l'absentéisme.

Aussi m'étonné-je qu'André Gide, qui fit tant pour la gloire de Kafka, ait jugé *Messieurs les ronds-de-cuir* en ces termes : « *Les* Ronds-de-cuir, *que je viens de tâcher de relire, m'ont plongé dans un cafard sans nom.* « *C'est du Daumier* », *me dit-on. Mais non! Daumier, c'était de la satire; Daumier stigmatisait ce dont Courteline semble se satisfaire. Il se complaît dans l'abjection, prend le parti de la carotte, du tire-au-flanc. Que pouvoir attendre d'une humanité si médiocre, dont la peinture n'est que trop exacte, hélas! Peinture complaisante, indulgente, où tant de Français se reconnaissent ; où du moins l'on reconnaît tant de Français!* » (*Journal*, 28 juillet 1940). Courteline, si je comprends bien, d'après la date de ce jugement sommaire, est aux yeux de Gide responsable du désastre de 1940! Singulière affirmation, qui illustre à merveille le mécanisme même de la représaille tel que Courteline l'a si bien décrit. Gide, accusé (fort injustement, cela va de soi) d'avoir démoralisé l'élite française, rejette sur un écrivain mort l'accusation injuste qui l'indigne lui-même. Comme il ne s'aveugle jamais sans quelque lucidité, il infirme aussitôt son grief en l'étendant au modèle si exactement peint par Courteline. Mais de quel droit accable-t-il le peintre du reproche de « complaisance » à l'« abjection »? Et qu'entend-il par « abjection »? Uniquement la «carotte», le «tire-au-flanc »... D'où je déduis qu'il formula son jugement sans avoir lu au-delà des premières pages de *Messieurs les ronds-de-cuir*, éreintant l'ensemble sur ce qui ne fut en fait qu'une simple défaillance technique, comme nous l'avons vu. Il prit contre Lahrier le parti du Système, au moment même où ce Système tendait à triompher sur la planète entière... Mais ne condamnons pas à notre tour Gide sur une méchante boutade : contentons-nous de constater que le roman de Courteline survit victorieusement aux convulsions de notre univers concentrationnaire et reste au premier rang de la Littérature de l'Absurde que nos contemporains s'imaginent avoir inventée.

Francis PRUNER.

NOTE BIBLIOGRAPHIQUE

Messieurs les Ronds-de-cuir, suivis de *Scènes de la vie de bureau*, Paris, François Bernouard, 1927 (notes et variantes, p. 223 à 247).

DUBEUX (Albert). *La Curieuse Vie de Georges Courteline* (Gründ 1949).

PORTAIL (Jean). *G. Courteline l'humoriste français* (Flammarion 1928).

TURPIN (Fr.). *G. Courteline, son œuvre* (Nouvelle Revue critique 1928).

Numéro de *Biblio* consacré à Courteline (octobre 1949).

MESSIEURS LES RONDS-DE-CUIR

A mon ami,
à mon maître, à mon bienfaiteur

CATULLE MENDÈS

*en témoignage d'admiration profonde
et d'affection sans bornes.*

G. C.

AVANT-PROPOS

Ce fut le 21 avril 1893, dans le courant de l'après-midi, que j'achevai MM. *les ronds-de-cuir et ce fut le même 21, entre 8 et 9 heures du soir, que j'en égarai le manuscrit dans un fiacre cueilli place de la Bastille, à la descente du train qui me ramenait de Saint-Mandé, où j'avais dîné en famille. Mon cocher réglé et parti, j'avais franchi le seuil de l'auberge du* Clou *où, conformément au programme de chaque soir, j'avais trouvé Alphonse Allais, Jules Jouy et Émile Saint-Bonnard, toutes personnalités extrêmement appréciées du Montmartre de ces temps-là, battant fiévreusement les cartes en attendant que ma survenue leur permît de se livrer enfin aux joies de la manille parlée. Et, ces joies, je les partageais avec eux depuis une dizaine de minutes quand tout à coup:*

— *Ah! çà mais, ah! çà mais, ah! çà mais...*

— *Qu'est-ce qui te prend?* fit Jouy *étonné.*

Déjà j'étais loin. Un sursaut m'avait levé de ma chaise, projeté à l'autre bout de l'établissement, et planté devant la caisse hérissée de flacons de rhum et de pierres de sucre en pyramides où trônait le père Tomaschet préposé en ces temps lointains aux destinées de l'auberge du Clou.

— *Dites donc, papa Tomaschet, est-ce que, tout à l'heure quand je suis arrivé, je ne vous ai pas prié de me garder ma serviette?*

— *Non, Monsieur Courteline.*

— *Vous êtes sûr?*

— *Et certain! J'ai même été très épaté que vous ne l'ayez pas eue sous le bras comme d'habitude, quand vous avez poussé la porte.*

— *Je ne l'avais pas sous mon bras?*

— *Non!*

— *Je l'aurais perdue, en ce cas?*

— *Faut croire,*

— *Nom de Dieu, je m'en doutais! Eh! bien, me voilà propre!*

Consterné, je retournai à mes trois camarades qui me questionnèrent d'un commun : « Et alors? », auquel je répondis :

— *Et alors, c'est bien simple ; j'ai perdu ma serviette et ce qu'elle contenait : un an de travail!... tout un roman dont je n'avais pas gardé le double! Je n'ai plus qu'à le recommencer.*

— *Saperlipopette! s'exclama Jules Jouy.*

— *Ce n'est pas drôle! fit Alphonse Allais.*

— *A ta place, dit Saint-Bonnard, je m'adresserais, sans perdre une minute, à saint Antoine de Padoue.*

Ce Saint-Bonnard, aujourd'hui oublié des plus anciens Montmartrois, se signalait alors à l'étonnement des foules par le besoin qu'il éprouvait de ne dire la vérité sous aucune espèce de prétexte et de donner comme étant l'expression de l'exactitude ce qui en était précisément le contraire. C'est ainsi que, s'il avait pris par la rue Bleue, il disait avoir pris par la rue Montholon ; être venu par la rue Laffitte s'il était venu par la rue Le Peletier. Pourquoi? On ne sait pas.

C'était extrêmement curieux.

Il mourut, du reste, assez jeune, à vingt-cinq ans tout au plus, d'avoir raconté trop de blagues. Et le fait est qu'il en était venu à ne plus pouvoir croiser une personne dans la rue sans être frappé d'un coup au cœur, crainte que ce qu'il lui allait dire ne démentît ce qu'il lui avait dit lors de leur précédente rencontre.

Je répondis à Saint-Bonnard qu'il me faisait suer avec saint Antoine, que rien de ce qu'il avançait ne valait la peine d'être écouté et que, s'il y avait eu une justice au ciel, c'est, non de Saint-Bonnard mais bien de Saint-Bobard qu'il aurait dû porter le nom. Doué d'un excellent caractère, il prit la chose en bonne part, en rit même beaucoup et profita de l'occasion pour se lancer, au sujet de saint Antoine de Padoue, dans un historique fantaisiste, facultatif et épars, dont je vais essayer de donner une idée en en rafistolant les détails de mon mieux.

Je sus alors que le bon Dieu, s'étant aperçu un jour des imperfections de son œuvre, avait résolu d'y remédier en confiant à divers sous-ordres le soin de contribuer, chacun pour son compte et dans la mesure de ses moyens, à son amélioration. C'est ainsi que le Grand saint Charles fut appelé à stimuler le zèle de l'enfance écolière, saint Barnabé à réparer les sottises de saint Médard, saint Crépin à étendre une main protectrice sur la corporation des bouifs, saint Fiacre à protéger les jardiniers de la sienne, tandis que saint Nicolas recevait pour mission de veiller sur les petits garçons et sainte Catherine sur les petites filles. Le tour venu de saint Antoine de Padoue :

— Quant à toi, lui dit le Tout-Puissant, je te confie la tâche délicate d'entretenir cent mille pauvres par an. C'est l'affaire de quelques millions.

— Quelques millions par an ?

— Pas plus !

— Vous en avez de bonnes, Seigneur ! Quelques millions par an ! Quelques millions par an ! Et où voulez-vous que je les prenne ? Je n'en ai pas le premier sou.

— Travaille !

— A quoi ?

— Travaille de ton métier.

— Lequel ?

— Tu n'as pas de métier ?

— Je serais bien aise de savoir quand j'en aurais pu apprendre un. J'ai employé mon passage sur la terre à fouler de mes pieds nus le sable des grands chemins en exaltant votre nom vénéré et en prêchant la bonne parole d'après saint Jean, saint Marc, saint Luc et saint Matthieu.

— Il n'y a rien à répondre à cela, dit le bon Dieu. Tu es dans le vrai jusque par-dessus les épaules.

— Alors ?

— Alors, je vais te donner un gage de ma confiance, et de ma sympathie pour ton honnête figure. De cet instant, je te confère le pouvoir de retrouver les objets perdus. Tu en feras profiter la pauvre humanité en te

*faisant payer tes services en raison de leur importance.
Tu deviendras rapidement riche, et, du trop-plein dont
débordera ta bourse, tu viendras au secours du pas-assez
des autres.*

*Et, comme mes haussements d'épaules lui tradui-
saient mon incrédulité :*

*— Tu as tort de blaguer, me dit le brave Saint-
Bonnard ; me crois-tu homme à avancer un fait dont
je n'aurais pas la certitude ? Tu me connais mal, en ce cas.
Du reste c'est bien simple. Tu as perdu ta serviette ? Oui ?
Eh ! bien, demande à saint Antoine de te la faire retrouver à des conditions que tu proposeras. Tu verras bien
si tu la retrouves.*

— Et si je ne la retrouve pas ?

*— Si tu ne la retrouves pas, tu ne paieras pas, voilà
tout.*

— Je ne paierai pas !...

*— Naturellement ! On ne paye qu'après livraison,
avec saint Antoine de Padoue. C'est dans le contrat
passé entre le bon Dieu et lui. Voyons, combien donne-
rais-tu pour rattraper ta serviette ? Cinquante francs :
est-ce trop ?*

*— Ce n'est guère !... Un an de travail ! Tout un roman
perdu, songe donc !*

*— N'importe. C'est plus que raisonnable, saint
Antoine de Padoue n'a pas pour habitude de serrer la vis
aux clients. Il accepte ce qu'on lui offre, et en est toujours
satisfait, estimant que chacun fait au mieux de sa bonne
foi et agit selon ses moyens. Seulement, je te préviens
d'une chose : il n'est pas non plus de ces poires qui se
laissent poser des lapins sans rien dire. Si, rentré en
possession de ta serviette à la suite d'engagements
mutuellement contractés et loyalement tenus par la
partie adverse, tu t'avisais de renier ta parole et de
garder tes cinquante francs en vertu de la loi qui régit les
charités bien ordonnées, qu'est-ce que tu prendrais pour
ton rhume ! Mon vieux, je n'ose pas y penser. Non
seulement tu la reperdrais, ta serviette, en moins de temps
qu'il n'en faut pour le dire, et pour toujours cette fois-ci,
mais, de ce jour, tu n'arrêterais plus de courir après tes
affaires, enfouies, dissoutes, évaporées ! Successivement,*

*ce serait ta canne, ton chapeau, ton porte-monnaie, ton
parapluie, la clef de chez toi, tes gants, ton mouchoir de
poche, ton étui à cigarettes!... Crois-moi, va, ne joue pas
au plus fin avec saint Antoine de Padoue; si tu te moques
de lui, il se foutera de toi, et alors où vas-tu? Je n'ose pas
y penser!... Oui, il ne s'y met pas souvent, mais les jours
où il s'y met, il n'y a pas plus vache au monde! Tiens,
veux-tu que je te dise? Tu devrais t'en remettre à moi du
soin de négocier tes affaires avec lui. Me donnes-tu carte
blanche? Si oui, tombons d'accord. Il te rend ta serviette
et son contenu intact, et tu lui remets en échange cinquante francs pour ses purotins. C'est bien ça?*

— C'est bien ça.

— Alors, c'est dit?

— C'est dit.

— Jouy et Allais sont témoins?

— Jouy et Allais sont témoins, parfaitement.

*— Eh! bien, tope là, vieux frère! Prépare ta monnaie
et attendons les événements.*

*Nous ne les attendîmes pas longtemps car le lende-
main, à la même heure, comme Jouy, Allais et moi,
attendions, en battant les cartes, que la survenue de
Saint-Bonnard nous permît de passer aux douceurs de la
coutumière manille, la porte du Clou s'ouvrit et Saint-
Bonnard apparut TENANT MA SERVIETTE SOUS
SON BRAS.*

*Il vint à moi, me la déposa sur les genoux et, après en
avoir tiré le manuscrit de MM. les ronds-de-cuir,
il me tendit sa main ouverte en disant :*

— Mes cinquante francs!

*Dieu me voit et m'entend. Je jure devant lui que les
choses se passèrent comme je les rapporte, le 21 avril
1891 à 9 h. 45 du soir, et qu'elles sont aussi présentes à
mon esprit que si elles s'étaient passées hier. Inutile
d'ajouter que les cinquante francs passèrent de mon
gousset dans celui de Saint-Bonnard avec la hâte voulue
et la promptitude souhaitée. Après quoi je priai mon
copain de bien vouloir entrer dans les éclaircissements
que réclamait la situation, je sus alors de lui qu'un
appel mystérieux l'avait éveillé à l'aube, fait s'habiller
en deux temps, puis lancé par les rues, gagner, avenue*

*Trudaine, une gargote où, m'exposa-t-il, « j'étais pour-
suivi de l'idée que ton cocher parti de la Bastille sans
avoir pris le temps de dîner, et arrivé, crevant de faim, à
Montmartre, était venu d'instinct se restaurer d'un
bouillon et d'un gigot aux haricots. De là à penser que
cet homme y avait apporté la serviette trouvée par lui
dans son sapin après que tu l'avais quitté puis, oubliée sur
la table de la petite gargote où il avait pris son repas,
il n'y avait qu'un pas, je le franchis. Eh! bien, j'avais
raisonné juste; les choses s'étaient passées comme je
l'avais pensé, à cela près qu'après le départ du colignon
ta serviette avait été retrouvée non sur sa table, mais
dessous. Alors? qu'est-ce que tu penses de ça? Crois-tu
maintenant à l'existence de saint Antoine de Padoue et au
pouvoir dont il dispose de retrouver les objets perdus? »*

*En principe, je ne crois qu'à ce que je ne comprends
pas.*

*L'invraisemblance du récit de Saint-Bonnard n'était
pas pour me faire modifier un programme dont il confir-
mait la sagesse.*

*Je m'y tins donc, je m'y tiens toujours et m'y tiendrai,
avec votre permission, jusqu'à plus ample informé. En
attendant, je livre à vos sévérités en les recommandant à
toutes vos indulgences dont elles ont si grand besoin les
pages qui composent ce livre : pages qui, illustrées par
M. Louis Bombled, parurent chez Ernest Flammarion
en 1891.*

Disons enfin que les Ronds-de-Cuir *mis à la scène par
Robert Dieudonné et Raoul Aubry furent représentés
au théâtre de l'Ambigu le 4 octobre 1911, avec la
distribution suivante :*

M. Nègre	COLOMBEY
Chavarax	HARMENT
Lahrier	LORRAIN
Le père Soupe	CHABERT
Le Conservateur	VILLÉ
La Hourmerie	Jean HAYME
Van der Hogen	ADAM
Ovide	LÉVY

Boudin   BLANCHARD
Letondu   GOUJET
Gabrielle   Lucienne DEVIMEUR
Mme Sainthomme   BLÉMONT

PREMIER TABLEAU

I

A l'angle du boulevard Saint-Germain et de la rue de Solférino, un régiment de cuirassiers qui regagnait au pas l'École Militaire força Lahrier à s'arrêter. Il demeura les pieds au bord du trottoir, ravi, au fond, de ce contretemps imprévu qui allait retarder de quelques minutes encore l'instant désormais imminent de son arrivée au bureau, conciliant ainsi ses goûts de flâne avec le cri indigné de sa conscience.

Simplement, car l'énorme horloge du Ministère de la Guerre sonnait la demie de deux heures, il pensa :

— Diable! encore un jour où je n'arriverai pas à midi.

Et les mains dans les poches, achevant sa cigarette, il attendit la fin du défilé.

Au-dessus de lui, c'était l'éblouissement d'un après-dîner adorable. Comme il advient tous les ans, Paris, qui s'était endormi au bruit berceur d'une pluie battante, s'était réveillé ce matin-là avec le printemps sur la tête, un printemps gai, charmant, exquis, tout frais débarqué de la nuit sans avoir averti de sa venue, en bon provincial qui arrive du Midi, tombe sur les gens à l'improviste et s'amuse de leur surprise. Par-delà les toits des maisons, derrière les hautes cheminées, le ciel de l'avril s'étendait, d'un bleu profond et sans un nuage, perdu au loin dans une grisaille brumeuse.

Une immense nappe de soleil balayait d'un bout à
l'autre la chaussée blondie du boulevard dont les
fenêtres, à l'infini, miroitaient comme des lames d'épée,
et sur l'asphalte des trottoirs les ombres jetées en biais
des platanes et des marronniers semblaient des bâtons
d'écolier tracés par une main géante.

Lahrier, mis en joie dès le matin au seul vu d'un
reflet cuivré se jouant par la cretonne fleurie de son
rideau, avait déjeuné en deux temps auprès de sa
fenêtre ouverte ; puis, tourmenté de l'impérieuse soif
de sortir sans pardessus pour la première fois de
l'année, il avait, de son pied léger, gagné la place de
l'Opéra, remonté le boulevard jusqu'à la rue Drouot,
le long des arbres déjà encapuchonnés de vert tendre,
faisant le gros dos sous le soleil dont la bonne tiédeur
lui caressait l'épaule à travers l'étoffe du vêtement.

Mais comme il revenait sur ses pas, talonné par
l'heure du travail, équitablement partagé entre le sentiment du devoir et son amour du bien-être, brusquement il s'était rappelé n'avoir pas pris de café à son
repas, et devant cette considération il avait imposé
silence à ses scrupules.

Le Ministère pouvait attendre. Aussi bien était-ce
l'affaire d'une minute.

Et il s'était attablé à la terrasse du Café Riche.

Le malheur est qu'une fois là, le chapeau ramené sur
les yeux, le guéridon entre les genoux, Lahrier s'était
trouvé bien. Il s'était senti envahi d'une grande lâcheté
de tout l'être, d'un besoin de se laisser vivre, tranquillement, sans une pensée, tombé à une mollesse alanguie et
bienheureuse de convalescent. Dans sa tasse emplie à
ras-bords, un prisme s'était allumé, tandis que le flacon
d'eau-de-vie projetait sur le glacis de la tôle une tache
imprécise et dansante, aux tons roux de topaze brûlée.
Et vite, à sa jouissance intime de lézard haletant au
soleil dans l'angle échauffé d'un vieux mur, quelque
chose s'était venu mêler : une vague velléité de demeu-
rer là jusqu'au soir à se rafraîchir de bière claire en
regardant passer les printanières ombrelles, la vision
entr'aperçue d'une journée entière de paresse — inévi-
tablement compliquée d'un lâchage en règle du bureau.

Une irritation sourde avait germé en lui sans qu'il s'en fût rendu compte, une rancune contre l'administration, cette gêneuse, empêcheuse de danser en rond, qui se venait placer entre le beau temps et lui comme pour donner un démenti, malgré la loi et les prophètes, à la clémence infinie du bon Dieu.

Et pour quoi faire!...

Dans la montée houleuse de son indignation, volontiers il eût arrêté les passants pour leur poser la question, en appeler à leur bonne foi de cet excès d'iniquité, leur demander si, véritablement, c'était une chose raisonnable qu'on le vînt dépouiller ainsi de son droit au repos, à la brise d'avril, à la pureté immaculée de l'azur. Longuement, pitoyablement, il avait haussé les épaules :

— Si ce n'est pas une calamité!

Son amertume s'était soudainement aigrie; la Direction des Dons et Legs dut passer un joli quart d'heure :

— Oui, parlons-en, quelque chose de beau, la Direction des Dons et Legs. Une boîte absurde, seulement créée pour les besoins de la cause, à seule fin de donner pâture à la voracité de quelques affamés! sans but! sans vues! sans une ombre de raison d'être! à ce point qu'entre les Ministres c'est la lutte continuelle à qui ne l'aura pas. Tour à tour c'est la Chancellerie qui se récuse et la renvoie à l'Instruction Publique, l'Instruction Publique qui se défend et la repousse sur le Commerce, le Commerce qui proteste et la refoule sur l'Intérieur, l'Intérieur qui ne veut rien savoir et la rejette sur les Finances, et ainsi jusqu'au jour où une âme charitable veut bien la prendre à sa remorque et se l'adjoindre par pitié. Enfin une vraie comédie, une allée et venue de volant lancé de raquette en raquette!... Avec ça, pas le sou, des promesses tout le temps, un misérable budget de quelques centaines de mille francs, que la Chambre, par surcroît de bonheur, allège d'année en année!... Ah! c'est un rêve!

Une fois entré dans cet ordre d'idées, l'employé, comme bien l'on pense, n'avait eu garde de s'attarder aux bagatelles de la porte.

En somme, s'il le pouvait attendre, le ministère pouvait également se passer de lui, et à cette conclusion — prévue — il avait eu un mince sourire, goûtant l'exquis soulagement qui suit les déterminations longuement discutées, enfin prises.

Mais, à la réflexion :

— Eh parbleu non, au fait! je ne pensais pas à cela, moi. Ah! la sale déveine. Faut-il que j'aie été bête!...

La vérité est que, la veille, il s'était déjà abstenu, retenu à la dernière minute, comme il allait prendre son chapeau, par la violence d'une averse et la tombée inopinée, en son appartement de garçon, de Gabrielle, sa maîtresse. Et tout de même il avait bien fallu qu'il s'inclinât, qu'il fît son deuil de ses projets, pris d'un trac qui d'avance lui gâtait son plaisir à l'idée d'une double bordée tirée sans motifs plausibles.

En moyenne, il faisait le mort une fois la semaine sans que l'administration, bonne bête, eût l'air de s'en apercevoir; mais la question était de savoir jusqu'à quel point tiendrait, devant l'abus, une tolérance faite, en partie, d'inertie et d'habitude prise. Surtout que, depuis quelque temps, M. de La Hourmerie, son chef, changeait d'allures à son égard, affectait, ses lendemains d'absence, une raideur sèche et mécontente, s'enfermait en un de ces mutismes qui désapprouvent, sécrètent perfidement autour d'eux la gêne des situations fausses point éclaircies. Et c'est pourquoi, convaincu encore que navré, il s'était pourtant décidé à régler sa consommation et, lentement, s'était acheminé vers son poste par la place des Pyramides et les Tuileries.

II

A la tristesse morne de la rue Vaneau, la Direction Générale des Dons et Legs ajoute la noire tristesse de sa façade sans un relief et de son drapeau dépenaillé, tourné à la loque déteinte.

Au-dessus du porche colossal qu'elle chevauche inégalement, voûte profonde ou de perpétuels courants d'air galopent à travers la pénombre, elle étage trois rangs de funèbres fenêtres, si étroites et si hautes qu'elles semblent écrasées entre les épaisseurs rembourrées de leurs volets. Plus haut encore, empiétant de leurs bases vermoulues jusqu'en une gouttière formidable, d'où, l'été, pleut une ombre épaisse, l'hiver, la coulée lente des neiges entassées, six mansardes alignées de front s'enlèvent sur le ciel, en créneaux.

Vue de loin, — de la Direction des Cultes, sa voisine, — elle paraît une sombre lézarde aux murs laiteux des hôtels Cappriciani et Lamazère-Saint-Gratien, qui de droite et de gauche la flanquent. De près, elle a la mélancolie pénétrante des choses, la grotesquerie attendrissante d'une pauvre vieille fille sans gorge, au teint de boue haché de gerçures. Et par ses vitres exiguës, closes sur le noir, éternellement, elle répand une désolation de maison abandonnée ou que viendrait de visiter une brusque attaque de choléra. Il semble qu'à travers ses épaisses murailles, passe,

transpire, s'évapore, pour en infester le quartier, la
solitude glaciale de ses interminables corridors, aux
dalles sonores que lèche du matin au soir la lueur ago-
nisante d'un gaz mi-baissé.

Sans qu'on sache au juste pourquoi, on devine le
vide immense de cette caserne, la non-vie des trente
ronds-de-cuir noyés en son vaste giron. On pressent le
silence sinistre de ces bureaux inoccupés et de ces
archives lambrissées : catacombes administratives
qu'emplit tantôt un froid de glace, tantôt une chaleur
d'étuve, et où dorment pêle-mêle, sous un même
linceul de poussière, des ballots de dossiers entassés,
des chaises éventrées, des cartons en lambeaux, jusqu'à
des chenets et à des chaussures moisies! toute une saleté
de matériel hors d'usage, amenée là à coups de balai,
des quatre coins de la maison, et achevant d'y pourrir
en paix dans une promiscuité dernière.

Mixte, bâtarde, équivoque, d'une austérité de mo-
nastère, que mitigerait la banalité d'un magasin à
fourrages, elle est juste, au Ministère, ce que l'Institu-
tion Petdeloup est au lycée : elle sue son inutilité, elle
la crie au passant convaincu! Elle est comme ces
gredins malchanceux qui portent leur scélératesse sur
leur visage et dont le regard louche édifie.

Seul, le portier égaye la situation, de sa tête de
chimpanzé officiel qu'écrase l'ampleur phénoménale
d'une casquette officielle aussi.

Justement il fumait sa pipe sur le trottoir quand
Lahrier déboucha de la rue de Bellechasse. Il lui tourna
le dos aussitôt, regarda dans la direction opposée,
histoire de ne le pas saluer au passage.

Il geignait :

— Trois heures moins vingt!... C'est à tuer, un être
pareil!

Il le tenait en mépris hautain, écœuré dans sa droi-
ture de fonctionnaire consciencieux qu'honorent la fidé-
lité au devoir, le zèle à tirer le cordon et l'attachement
bien connu aux institutions qui nous régissent.

Lahrier passa outre, franchit le porche, s'engagea
dans le tire-bouchonnement d'un escalier de service
spécialement affecté à l'usage du personnel. Il atteignait

le troisième palier, lorsque Ovide, son garçon de bureau, sortit du chenil ténébreux qui l'abritait : un trou infect, sans air, creusé à même la muraille, et où des cuivreries de lampes astiquées allumaient tout au fond une série d'étoiles.

— Chez le chef! dit ce serviteur laconique.

Lahrier, étonné, s'arrêta :

— Quoi?

Ovide daigna s'expliquer :

— Y a le chef qui a dit que vous alliez lui parler sitôt que vous seriez ici.

Le jeune homme flaira une tuile. De son mieux il réprima un geste de contrariété :

— Ah! bon, parfaitement, merci.

Et, enlevant son chapeau :

— Bien aimable, Ovide, si ça ne vous fait rien, de me garder ça une minute.

Déjà il était loin, il frappait discrètement à la porte de son chef.

Une voix lui cria :

— Entrez!

Il obéit.

Plus vaste qu'une halle et plus haut qu'une nef, le cabinet de M. de La Hourmerie recevait, par trois croisées, le jour, douteux pourtant, de la cour intérieure qu'emprisonnaient les quatre ailes de la Direction. Derrière un revêtement de cartons verts, aux coins usés, aux ventres solennels et ronds des notaires aisés de province, les murs disparaissaient des plinthes aux corniches, et l'onctueux tapis qui couvrait le parquet d'un lit de mousse ras tondue, le bûcher qui flambait clair en la cheminée, l'ample chancelière où plongeaient, accotés, les pieds de M. de La Hourmerie, trahissaient les goûts de bien-être, toute la douilletterie frileuse du personnage.

Lahrier s'était avancé.

— Je vous demande pardon, monsieur, dit-il avec une déférence souriante; il y a deux heures que je suis ici et cet imbécile d'Ovide songe seulement à m'avertir que vous m'avez fait demander.

Couché en avant sur sa table, consultant une

demande d'avis qu'il écrasait de sa myopie, M. de La Hourmerie prit son temps. A la fin, mais sans que pour cela il s'interrompît dans sa tâche :

— Vous n'êtes pas venu hier? dit-il négligemment.

— Non, monsieur, répondit Lahrier.

— Et pourquoi n'êtes-vous pas venu?

L'autre n'hésita pas :

— J'ai perdu mon beau-frère.

Le chef, du coup, leva le nez :

— Encore!...

Et l'employé, la main sur le sein gauche, protestant bruyamment de sa sincérité :

— Non, pardon, voulez-vous me permettre? s'exclama M. de La Hourmerie.

Rageur, il avait déposé près de lui la plume d'oie qui tout à l'heure lui barrait les dents comme un mors. Il y eut un moment de silence, la brusque accalmie, grosse d'angoisse, préludant à l'exercice périlleux d'un gymnaste.

Tout à coup :

— Alors, monsieur, c'est une affaire entendue? un parti pris de ne plus mettre les pieds ici? A cette heure vous avez perdu votre beau-frère, comme déjà, il y a huit jours, vous aviez perdu votre tante, comme vous aviez perdu votre oncle le mois dernier, votre père à la Trinité, votre mère à Pâques!... sans préjudice, naturellement, de tous les cousins, cousines, et autres parents éloignés que vous n'avez cessé de mettre en terre à raison d'un au moins la semaine! Quel massacre! non, mais quel massacre! A-t-on idée d'une famille pareille?... Et je ne parle ici, notez bien, ni de la petite sœur qui se marie deux fois l'an, ni de la grande qui accouche tous les trois mois! — Eh! bien, monsieur, en voilà assez; que vous vous moquiez du monde, soit! mais il y a des limites à tout, et si vous supposez que l'administration vous donne deux mille quatre cents francs pour que vous passiez votre vie à enterrer les uns, à marier les autres ou à les tenir sur les fonts baptismaux, vous vous méprenez, j'ose le dire.

Il s'échauffait. Sur un mouvement de Lahrier il ébranla la table d'un furieux coup de poing :

— Sacredié, monsieur, oui ou non, voulez-vous me permettre de placer un mot?

Là-dessus il repartit, il mit son cœur à nu, ouvrit l'écluse au flot amer de ses rancunes. Il flétrit l'improbité, « l'improbité, parfaitement, je maintiens le mot! » des employés amateurs sacrifiant à leur coupable fainéantise la dignité de leurs fonctions, jusqu'à laisser choir dans la déconsidération publique et dans le mépris sarcastique de la foule l'antique prestige des administrations de l'État! Il s'attendrit à exalter la Direction des Dons et Legs, la grande bonté du Directeur, les traditions quasi familiales de la maison! Une phrase en amenait une autre. Il en vint à envisager le fonctionnement de son propre bureau :

— Vous êtes ici trois employés attachés à l'expédition : vous, M. Soupe et M. Letondu. M. Soupe en est aujourd'hui à sa trente-septième année de service, et il n'y a plus à attendre de lui que les preuves de sa vaine bonne volonté. Quant à M. Letondu, c'est bien simple : il donne depuis quelques semaines des signes indéniables d'aliénation mentale. Alors, quoi? Car voilà pourtant où nous en sommes, et il est inouï de penser que sur trois expéditionnaires, l'un soit fou, le deuxième gâteux et le troisième à l'enterrement, depuis le Jour de l'An jusqu'à la Saint-Sylvestre. Ça a l'air d'une plaisanterie; nous nageons en pleine opérette!... Et naïvement vous vous êtes fait à l'idée que les choses pouvaient continuer de ce train?

Le doigt secoué dans l'air il conclut :

— Non, monsieur! J'en suis las, moi, des enterrements, et des catastrophes soudaines, et des ruptures d'anévrisme, et des gouttes qui remontent au cœur, et de toute cette turlupinade de laquelle on ne saurait dire si elle est plus grotesque que lugubre ou plus lugubre que grotesque! C'en est assez, c'est assez, vous dis-je, je vous dis que c'en est assez sur ce sujet; passons à d'autres exercices. Désormais c'est de deux choses l'une : la présence ou la démission, choisissez. Si c'est la démission je l'accepte; je l'accepte au nom du Ministre et à mes risques et périls, est-ce clair? Si c'est le contraire, vous voudrez bien me faire le plaisir d'être

ici chaque jour sur le coup d'onze heures, à l'exemple
de vos camarades, et ce à compter de demain, est-ce
clair? J'ajoute que le jour où la fatalité, — cette fatalité
odieuse qui vous poursuit, semble se faire un jeu de
vous persécuter, — viendra vous frapper de nouveau
dans vos affections de famille, je vous ferai flanquer à
la porte, est-ce clair?

D'un ton dégagé où perçait une légère pointe de
persiflage :

— Parfaitement clair, dit Lahrier.

— A merveille, fit le chef; vous voilà prévenu. Et
vous savez, n'ayez pas l'air de vouloir faire le malin,
ou ça va...

Il s'interrompit, averti par un « hum » discret, d'une
présence insoupçonnée. Lahrier, du même coup, avait
tourné la tête, et tous deux ils fouillaient le lointain de
la pièce où se dandinait, saluant les murs de droite et
de gauche, un petit vieux monsieur au crâne nu, au
visage mangé de barbe grise. Peut-être avait-il toqué
sans que la timidité de son appel noyé dans le bruit de
la discussion fût parvenu aux oreilles intéressées : le
fait est qu'il se trouvait là, rivé au sol, avec la conte-
nance gênée de l'homme tombé mal à propos dans une
discussion de ménage.

Assez sèchement, vexé, à la vérité, d'avoir été surpris
lavant son linge sale :

— Qui êtes-vous, monsieur, et qu'est-ce que vous
voulez? demanda de sa place M. de La Hourmerie.

Le petit vieux monsieur répondit :

— Je vous prie de m'excuser, monsieur. Le chef du
bureau des Legs, s'il vous plaît?

— C'est moi-même.

Cette révélation détermina chez le visiteur une
brusque projection en avant de toute la partie supérieure de son être. Presque il baisa la terre! dans son
empressement de courtoisie; et un instant, par le
bâillement postérieur de son faux col, on distingua sa
nuque en forme de gouttière, la naissance de son
échine baignée de mystérieuse pénombre. Immédiatement il s'était mis en branle. Il semblait qu'il marchât

sur une couche de beurre tant ses pieds sonnaient peu
au moelleux du tapis.

Il se nomma :

— Je suis le conservateur du musée de Vanne-en-
Bresse.

— Le...

Quelque volonté qu'il eût de se contenir, M. de La
Hourmerie changea de couleur. Et tandis que lui
venait aux lèvres le mot : « Prenez donc une chaise »,
la pensée lui venait à l'esprit :

— Sacredié, le legs Quibolle!... Et cette brute de
Van der Hogen qui en a égaré le dossier!...

III

..... Car en ces temps, proches des nôtres, florissait
à la Direction des Dons et Legs le sous-chef Van der
Hogen : personnage épique, s'il en fut, et dont nous
ne saurions, sans risquer de manquer gravement à nos
devoirs, ne point crayonner en ces pages la pittoresque
silhouette.

Bourré de grec, bourré de latin, bourré d'anglais et
d'allemand, ex-élève sorti premier de l'École des
Langues Orientales, et absolument incapable, avec
ça, de mettre sur leurs pieds vingt lignes de français,
Théodore Van der Hogen évoquait l'idée d'une insatiable éponge de laquelle rien n'eût rejailli. Tour à tour,
il avait parcouru comme sous-chef chacun des huit
bureaux de la Direction, sans que jamais on eût pu
obtenir de lui autre chose qu'une activité désordonnée
et folle, un sens du non-sens et de la mise au pillage
qui lui faisait retourner comme un gant et rendre
inextricable, du jour au lendemain, un fonctionnement
consacré par de longues années de routine. Il s'abattait
sur un bureau à la façon d'une nuée de sauterelles, et
tout de suite c'était la fin, le carnage, la dévastation :
la coulée limpide du ruisselet que la chute d'un
pavé brutal a converti en un lit de boue. Le seul
fait de sa présence affranchissait tout un petit monde
d'employés, superflus de cet instant même, et n'ayant

plus qu'à se croiser les bras devant l'effondrement sinistre de ce qui avait été leur service.

A la fin, M. de La Hourmerie, cédant aux supplications de ses collègues, avait consenti à se l'adjoindre, et, comme on abandonne un objet inutile aux pattes meurtrières d'un gamin, il lui avait abandonné la gestion des AFFAIRES CLASSÉES.

Là, au sein même du Dieu Papier, que Van der Hogen était bien!

Libre de nager, de patauger, de s'ébattre, en une pleine mer de documents officiels, de débats jurisprudentiels, de rapports administratifs accumulés les uns sur les autres depuis les premiers âges de la Direction, il passait d'exquises journées à galoper de son cabinet aux archives, où il s'éternisait inexplicablement et d'où il revenait blanc de poussière, pressant sur son plastron, de ses mains de charbonnier, des dossiers que visiblement il avait dû aller chercher à plat ventre sous les arêtes aiguës des toits, embroussaillées de toiles d'araignée. Il avait apporté une échelle double, du haut de laquelle, souriant et âpre, il fouillait les recoins de sa pièce, sondant de coups de poing le plafond et les murs, avec l'espérance que, peut-être, d'autres documents en jailliraient encore!... Sur sa tête à demi vénérable déjà, d'antiques cartons arrachés violemment à l'étreinte de leurs alvéoles s'ouvraient, lâchant des avalanches de paperasses qui se répandaient par le vide, pareils à des vols d'albatros, pour se venir écrouler en monceaux sur le sol; mais il ne s'en effarait pas, ravi plutôt, chez soi au cœur de ce pillage, et gardant du haut de son perchoir une face silencieusement rayonnante. Et quand enfin, autour de lui, c'était le triomphe du chaos, l'orgie auguste du pêle-mêle, l'enchevêtrement définitif et à tout jamais incurable, Van der Hogen prenait sa plume et documentait à son tour, lancé maintenant dans des flots d'encre. Entre deux murailles de dossiers équilibrés à chaque extrémité de sa table et que le passage des voitures agitait de grelottements inquiétants, il couvrait de sa large écriture d'innombrables feuilles de papier qu'il envoyait par charretées au visa Directorial et qu'on retrouvait aux lieux le lendemain matin : tartines extraordinaires, où se voyaient favorablement accueillies les revendications d'obscurs collatéraux enterrés depuis des années; où des notaires envoyés à Toulon en 1818 pour faux en écritures authentiques étaient signalés au Parquet comme coupables d'infractions à des circulaires abrogées.

Il brochait ces âneries d'une main convaincue, s'interrompant de temps en temps pour brandir à travers l'espace des bâtons enflammés de cire rouge, abattre au hasard du papier des coups de timbre sec formidables, qui sonnaient comme, au creux d'une caisse, les coups de marteau d'un emballeur. Il regrimpait à son échelle, en redescendait aussitôt, s'en retournait ensuite aux archives pour, de là, rappliquer chez le bibliothécaire, — une vieille bête que tuaient de chagrin, à petit feu, ses façons de charcuter le *Dalloz*, le recueil des avis du Conseil d'État, et la collection de l'*Officiel*. Il bouleversait la Direction de son importance imbécile. Son inlassable activité était celle d'un gros hanneton tombé au fond d'une cuvette. Mystérieux, solennel, profond, il détenait des secrets d'État, et il n'avait pas son semblable pour demander aux gens : « Comment vous portez-vous ? » de la même voix dont il leur eût jeté à l'oreille : « Vous ne voudriez pas acheter un joli jeu de cartes transparentes ? »

Son fort, pourtant, sa véritable spécialité, c'était s'immiscer sournoisement dans les choses qui ne le regardaient pas : la confiscation à son profit du travail de ses collègues. Ceci pour montrer ses talents, son chic unique à faire jaillir la lumière en démêlant en un clin d'œil des écheveaux d'affaires compliquées sur lesquelles employés et chefs avaient sué sang et eau, des mois. Et le fait est qu'il excellait, comparablement à pas un, dans le bel art des solutions promptes; ainsi qu'il en appert clairement, au surplus, des faits que nous allons conter.

En janvier 189..., un sieur Quibolle (Grégoire Victor) décédait à Vanne-en-Bresse (Ain), léguant au musée de cette ville une paire de jumelles marines et deux chandeliers Louis XIII. Deux ans plus tard, l'affaire n'avait pas fait un pas. Ballottée de cartons en cartons, elle flottait par les bureaux des Dons et Legs, tiraillée comme à deux chevaux entre les deux avis, radicalement contraires, de l'autorité ministérielle et de l'autorité préfectorale, concluant l'une au rejet du legs, l'autre à son acceptation. Le pis était que deux députés ennemis avaient pris la chose à leur compte et tiraient dessus, chacun dans un sens, avec menace de créer des complications au Cabinet si le litige n'était tranché inversement à l'avis de l'autre ; le tout au grand chagrin du conservateur légataire, inondant la Direction de rappels désespérés et hurlant après son bien comme un chien de garde après la lune.

Saisi de la question, le Conseil d'État hésitait, discutait le point de savoir lequel, au juste, d'un legs proprement dit ou d'une charge d'hérédité non sujette à l'approbation du Gouvernement, constituait la libéralité Quibolle, et le débat en était là, quand Van der Hogen intervint.

Une fois qu'il passait devant la porte ouverte du rédacteur Chavarax, il aperçut le bureau vide, et, sur la table, un dossier gigantesque, de la hauteur d'une cage à serins.

Le legs Quibolle!...

Sauter dessus, s'en emparer comme d'une proie et l'emporter en son repaire, fut pour lui l'affaire d'un instant. Accomplie à l'insu de tous, l'opération réussit à merveille, et une heure après, — pas deux ; une! — la question était tranchée. Entre les mains secouées de zèle du terrible Van der Hogen, une à une les pièces du dossier s'en étaient allées Dieu sait où, voir si le printemps s'avançait ; celles-ci lâchées sur la province à fin de compléments d'instruction, celles-là emmêlées par erreur à des pièces d'autres dossiers. D'où un micmac de paperasses à défier un cochon d'y retrouver ses petits et l'immobilisation définitive d'une affaire devenue insoluble.

M. de La Hourmerie, pris au dépourvu, n'en fut pas moins très remarquable, d'une audace tranquille qui stupéfia Lahrier.

— Monsieur, dit-il, l'affaire a été soumise il y a huit jours à l'examen du Conseil d'État. Mais peu importe ; veuillez vous asseoir, je vous prie. Vous veniez pour vos chandeliers ?

— En effet, monsieur, dit le conservateur. Je viens pour mes deux chandeliers, et pour ma jumelle marine.

C'était vrai. A bout de patience, écœuré de vaines attentes, il s'était enfin décidé à faire son petit coup d'État en venant à Paris, lui-même, disputer aux lenteurs administratives son humble part du legs Quibolle. Et il conta que depuis vingt minutes il errait, triste chien perdu, par les tortueux dédales de la Direction. Bien sûr, il ne se plaignait pas ; mais à ses étranges sourires, à ses mots qu'il ne trouvait pas, à ses phrases pudibondement interminées, on reconstituait les dessous de sa lamentable odyssée ; on pressentait sur quels extraordinaires locaux il avait dû pousser des portes ! combien de corridors enchevêtrés avaient vu et revu sa mélancolique silhouette, aux épaules voûtées un peu déjà, par l'âge.

Il se justifia, d'ailleurs :

— Je vous demande mille pardons, monsieur, de venir ainsi vous troubler au milieu de vos occupations, mais ma situation toute spéciale me fera excuser, je l'espère. Il faut vous dire qu'en me nommant à Vanne-en-Bresse M. le Ministre des Beaux-Arts ne m'a pas... euh, comment dirais-je ?... — exceptionnellement favorisé. Mon Dieu ! non. A beaucoup près même. Le musée de Vanne-en-Bresse, en effet, n'est pas des plus... intéressants. Certes, dire qu'il n'y a rien à y voir serait de l'exagération ! En somme il possède plusieurs tableaux de maîtres (des copies, naturellement), une belle collection d'insectes et des bocaux de produits chimiques, ce qui est déjà quelque chose. Vous comprenez, pourtant, à quel point cette jumelle et cette paire de chandeliers, — objets d'un haut intérêt, — sont pour moi une bonne fortune...

Lahrier s'amusait follement. Il eût payé vingt francs de sa poche pour assister à la fin de l'entrevue, tant l'égayait et l'attendrissait à la fois la pauvre petite figure du conservateur. Roublard, ayant vu du coin de l'œil son congé qui se formulait sur la bouche à demi ouverte de son chef, il prit carrément la parole :

— L'affaire, dit-il, est si bien au Conseil d'État
que c'est moi qui l'y ai envoyée !

Puis, sur la question faite d'une voix tremblante :

— Puis-je, du moins, espérer une solution prompte ?

— Incessante, déclara-t-il, j'oserai presque dire
immédiate.

Qu'il fut payé de son aplomb ! Au mot « immédiate », l'œil du conservateur s'était enflammé comme
une torche ; un indéfinissable sourire de cupidité
satisfaite avait illuminé sa face.

Il bégaya :

— ... Fort bien... Ah ! fort bien... parfaitement...
Mon Dieu, que je suis aise de ce que vous me dites
là...

Les mots ne se présentaient plus ; il était trop
heureux, cet homme. Déjà il tenait son bien, il l'emportait ainsi qu'une proie. Et un rêve lui montrait sa
vieillesse chargée de gloire ; des quatre extrémités
du monde il voyait des populations affluer à son petit
musée, se masser, muettes d'admiration, devant la
jumelle marine et les deux chandeliers Louis XIII.

— En effet, fit alors M. de La Hourmerie que le joli
toupet de l'expéditionnaire avait démonté un moment ;
la Section ne saurait tarder à se prononcer, et je
n'attends que le retour du dossier pour soumettre à la
signature du Président de la République le décret
d'autorisation. Si monsieur (et il souligna), *qui est si
exactement renseigné*, veut bien faire dès à présent le
nécessaire, nul doute que je sois en état de vous satisfaire rapidement.

Lahrier se dit :

— Cette fois, ça y est.

Il chercha un mot heureux, un de ces mots qui
couvrent la honte des défaites. Ne trouvant rien, il
salua et sortit, accompagné jusqu'à la porte, de la
voix doucement éplorée du citadin de Vanne-en-Bresse
insinuant :

— J'aurai donc l'honneur de vous revoir, monsieur
le chef de bureau. Je suis à Paris pour quelques jours
et si, naturellement, je pouvais repartir avec mes
ampliations...

DEUXIÈME TABLEAU

I

— Eh! voici notre jeune collègue, dit aimablement
le père Soupe que la brusque entrée de Lahrier venait
d'éveiller en sursaut.

— Bonjour, bonjour, fit Lahrier.

Du premier coup d'œil il avait aperçu, bien mis en
vue sur l'amoncellement des affaires à traiter qui
noyaient sa table de travail, un pli cacheté, couleur
vert d'eau; et il se hâtait, intrigué, goûtant à recevoir
des lettres une anxiété délicieuse.

D'un coup de doigt, sans prendre le temps de
s'asseoir, il fit éclater l'enveloppe.

Il lut :

Mon René chéri,

*Ne vas pas demain au Ministère ; je me suis faite libre
et je t'irai voir.*

*Reste au dodo, à m'attendre ; je serai chez toi sur
les une heure.*

*Je t'embrasse les yeux, la bouche, la moustache et le
bout du nez*

Ta
Tata.

Tata, c'était Gabrielle. Par quelles interventions
de prodigieux avatars, de lentes transformations, de
nuances insensibles, Gabrielle peu à peu était devenue

Tata? mystère, et éternel assoiffement de câlinerie, des amoureux demeurés très enfants.

Lahrier eut un geste désolé :

— La la! la la! la la! la la! la la!

Tout de suite le père Soupe intervint, sa curiosité naturelle éveillée.

Légèrement, au-dessus de la galette de cuir qui le couronnait à rebours, il souleva son fond de culotte :

— Une contrariété? demanda-t-il.

Le père Soupe était un petit vieux à lunettes, de qui l'édentement, peu à peu, avait avalé les minces lèvres. Sur sa face luisante, comme vernie, ses sourcils broussailleux débordaient en auvents, et des milliers de filets sanguins se jouaient par la fraîcheur caduque de ses joues, y serpentaient à fleur de peau avec le grouillement confus d'une potée de vers de vase.

Stupide, de cette stupidité hurlante qui exaspère à l'égal d'une insulte, il passait les trois quarts du temps à faire la sieste en son fauteuil, le reste à ricaner tout seul sans que l'on pût savoir pourquoi, à se frotter les mains, à pouffer bruyamment, la tête secouée des hochements approbatifs d'un petit gâteux content de vivre. Et quand Lahrier, crispé, l'interrogeait sur le mystère de cette gaîté intempestive, il ébauchait un geste vague, le geste de l'homme qui se comprend; un lent aller et retour de ses doigts de squelette séchait ses yeux baignés de larmes, en sorte que c'était vraiment à prendre une trique et à taper dessus jusqu'à ce qu'il s'expliquât.

Lequel des deux, de l'employé ou du bureau, était le fruit naturel de l'autre, sa sécrétion obligée? c'est ce qu'on n'eût su préciser. Le fait est qu'ils se complétaient mutuellement, qu'ils se faisaient valoir par réciprocité, étant au même titre sordides et misérables. Les taches huileuses qu'ils se repassaient depuis des années semblaient les caractéristiques de leur étroite parenté, et si l'un fleurait l'âcreté des paperasses empoussiérées, l'autre exhalait l'odeur atroce des vieux chastes, douceureuse, écœurante, qui est comme le relent de leurs virginités rancies.

Certes, René Lahrier n'aimait guère le bureau,

mais plus encore il exécrait le père Soupe, tenant sa société pour aggravation de peine. Il était de ces êtres tout nerfs, chez qui l'agacement a vite dégénéré en animosité haineuse. Soupe n'avait pas ouvert la bouche que déjà il l'assourdissait de ses rappels au silence, les poings clos, malade d'exaspération devant même que les chandelles fussent allumées. La passivité épeurée du bonhomme l'excitant, il en était venu à ne plus voir en lui qu'une loque bureaucratique, au long de laquelle, volontiers, il eût essuyé ses semelles. Il s'en était fait un joujou; il se divertissait à l'ahurir d'injures, de scies empruntées au répertoire varié des rapins de la place Pigalle. Il scandalisait ses pudeurs, bouleversait de théories extravagantes sa foi aveugle de vieil ingénu, tant que le pauvre homme, parfois, aimait mieux lui céder la place, déserter son cher bureau, et jusqu'au soir s'en aller traîner par les rues, désorienté, hébété, amputé de ses habitudes.

Aussi bien ces petites scènes de famille ne tiraient-elles point à conséquence; Soupe avait courte la rancune s'il avait l'irritation lente, et le soleil du lendemain le retrouvait fidèle au poste, rasséréné, rasé de frais, satisfait de lui et des autres. Entre les trous de sa cervelle les mauvais souvenirs passaient sans laisser trace, comme passe de l'eau à travers un tamis.

Lahrier, cependant, était demeuré debout, les mains aux hanches, questionnant une fente du plancher. Soudain il leva la tête.

Soupe, en effet, entêté à obtenir une réponse, insistait, le lardait tout vif d'une obsession de litanies :

— Une contrariété? Hein? Hein? — Dites, hein, une contrariété? Hein, dites? hein, dites? hein, dites? hein, hein?

Très calme il demanda :

— Ah ça! vous n'avez pas bientôt fini de faire le phoque? En voilà un vieux lavement!

— Comment... comment!... dit le père Soupe.

Il continua :

— Évidemment! Vous m'embêtez avec vos « Hein ».

Et puis d'abord ce n'est pas votre affaire s'il m'arrive
une contrariété. Est-ce que je vous demande la couleur
de vos bas, moi? Non, n'est-ce pas? Alors de quoi vous
mêlez-vous? Vous êtes un goujat, mon cher.

— Un goujat!...

Au mot de goujat les mâchoires entrouvertes du
vieux se resserrèrent puis se rentrouvrirent puis se
resserrèrent encore une fois, secouées des tressaute-
ments d'agonie d'un râtelier qui se démantibule. Ses
mains un instant soulevées en appelèrent au Maître de
tout.

Il suffoquait.

— S'il est permis!... Parler ainsi à un homme de
mon âge!

— Homme de votre âge, fermez ça! cria l'autre.
Fermez ça, ou, parole d'honneur, je jette quelque chose
dedans; un encrier, une savate, la première chose venue
qui me tombe sous la main. Vous m'agacez, homme de
votre âge! Vous avez le don de me porter sur les nerfs à
un point que je ne saurais dire. Donc, fichez-moi la
paix et que ça ne traîne pas. Je ne suis pas à la rigolade
aujourd'hui, je vous en préviens.

Sec et digne :

— Ça se voit, dit Soupe.

Mais Lahrier :

— Assez! assez donc! La levée est faite, je vous
dis.

Et il changea de ton pour crier : « C'est bon, oui! »
au conciliant Letondu, lequel jetait l'apaisement à
coups de pied dans la cloison. Soupe, maté, ne répliqua plus; il dut se borner à épancher son fiel en un
soliloque navré et imprécis.

Lahrier, lui, s'était assis. Du stock des affaires en
retard il avait dégagé, pour l'amener à soi, le dossier
du legs Broutesapin, et il commença de l'expédier :

Monsieur le Président du Conseil d'État,

*J'ai l'honneur de signaler à la Section de l'Instruction
Publique et des Beaux-Arts l'intérêt tout particulier qui
s'attacherait à ce qu'il soit statué dans le plus bref délai
sur le legs fait par la dame veuve Broutesapin à la*

fabrique de l'église succursale d'Oiselle, consistant en une mort de saint Médard, attribuée à Tiépolo et estimée quarante francs...

Il avait une calligraphie à lui, une bâtarde fantaisiste, pétaradante d'enjolivements et d'arabesques, à la fois superbe et illisible. Et tandis que les pages noircissaient à vue d'œil sous le galop précipité de sa main, sa pensée aussi, galopait, le ramenait à Gabrielle qui, décidément, commençait à tenir dans sa vie une place un peu plus grande, peut-être, qu'il n'eût été à souhaiter.

Il la revoyait telle qu'elle était, toute mignonne et casquée de clair, point jolie, certes, mais bien plus que cela, avec son nez troussé d'une chiquenaude et son éternel sourire de petite Parisienne bavarde et mauvaise langue. L'épaisse ligne de ses sourcils lui coupait en deux le visage, d'une barre touffue et jalouse; sous son menton, une ombre de potelé se formait, qui se noyait en l'ombre du col, s'allait perdre au diable vauvert, en d'autres ombres plus épaisses...

Brusquement un coup de fouet le cingla, le sang lui monta au visage; car voici qu'il l'avait vue nue, que de ses mains, une fois encore, il l'avait tenue au bord du lit, — ramené un mois en arrière, au soir inoubliable de la première possession. Sous le flot des jupes troussées dont il lui cachait la figure comme par jeu, il avait entendu ses cris effarouchés, mêlés de rires étouffés et de défis; il avait eu l'affolante vision des dessous tout à coup aperçus, des lingeries où courent des rubans bleu pâle; et des petits pieds qui battent l'air, et des petites mules qui les coiffent, et des longs, des très longs bas noirs, qui grimpent à l'assaut des jambes fines, escaladent les genoux, se faufilent, sournois, par l'étranglement des tuyautés.

C'était ainsi qu'il l'avait conquise, en effet, après une courte comédie de défense à laquelle rien n'avait manqué : ni, avant, les rodomontades d'une rouée qui joue la gamine et feint de ne pas prendre les choses au sérieux; ni, pendant, les supplications, les appels au mari absent, les bras qui repoussent sans force; ni, après, les faux désespoirs, les grands mots, la scène des larmes qui ne veulent pas venir et de l'œil consterné qui contemple l'abîme avec une dernière langueur de jouissance sous les cils.

— Cré nom! fit-il, à mi-voix.

Il déposa sa plume, roula une cigarette, tâchant à se changer le cours des idées.

A ce moment :

— Trois heures! annonça le père Soupe qui avait les belles digestions des gens de conscience immaculée; je vais aller faire mes petits besoins.

II

Abasourdi un instant, Lahrier leva le nez et dit :

— Voilà une heureuse nouvelle, d'un prodigieux intérêt! Oui, palpitant, en vérité! Vous devriez le téléphoner à toutes les cours étrangères.

Et :

— Enfin, Soupe, décidément, vous êtes donc plus bête à vous seul que tous les cochons de Cincinnati? A cette heure, vous ne pouvez plus aller aux lieux sans vous croire dans l'obligation de faire une préface?

— Une préface!

— Bien sûr, une préface. — Qu'est-ce que ça peut me faire, que vous alliez aux lieux? D'abord vous saurez une chose : quand on a reçu de l'éducation on y va sans rien dire, aux lieux; ou alors on est un voyou.

— Et si je veux y aller, moi, aux lieux? riposta après un instant de silence Soupe dressé sur ses ergots. Vous n'avez pas la prétention de m'empêcher de faire mes petits besoins et d'aller aux lieux quand cela me plaît?

Lahrier, que l'agacement gagnait, reprit :

— Je ne vous parle pas de ça.

— Vous ne parlez pas de ça!

— Non, je ne parle pas de ça. J'en serais ma foi bien fâché, de vous empêcher d'aller aux lieux! et si, même, je souhaite quelque chose, c'est que vous y élisiez domicile une fois pour toutes! que vous y passiez

votre vie! que vous n'en quittiez jamais! J'aurais au
moins le soulagement de ne plus voir votre sale tête.
— Je vous dis simplement ceci : que vous ne seriez
point compromis pour aller aux lieux comme tout le
monde, discrètement, en homme bien élevé, sans pro-
clamer : « Je vais aller faire mes petits besoins » avec
des airs de jeune espiègle.

Il disait des choses sensées, mais la stupidité du père
Soupe atteignait en folle surdité, en extravagante
obstination, aux limites les plus reculées du chimérique
et de l'irréel.

— A-t-on jamais vu! clama, indignée, cette vieille
bête. Un moutard (on lui presserait le nez, il en sortirait
du lait) qui voudrait m'empêcher d'aller aux cabinets
et de faire mes nécessités!...

Lahrier, que venait de mettre sur pied le contre-
choc d'un double coup de poing violemment abattu
parmi les paperasses de sa table, cria :

— Je ne vous parle pas de cela, encore une fois!
Je vous dis et je vous répète que vous pouvez très bien
aller aux cabinets sans donner à cet événement l'importance d'un crime d'État!

Mais :

— J'ai soixante-quatre ans, déclara le père Soupe
qui n'avait pas compris un mot; personne ne m'a
jamais résisté! et il faudrait, tonnerre de Dieu, qu'arrivé
à soixante-quatre ans, je rencontre un galopin pour se
permettre de me donner des ordres...

— Soupe!!!

— ... et pour élever des protestations quand je veux
aller aux commodités satisfaire mes petits besoins!...

C'en était trop.

Les ongles entrés en la table, telles des lames aiguës
de canif :

— Soupe, taisez-vous! hurla Lahrier. Taisez-vous,
Soupe, et cavalez! Disparaissez à l'instant même, ou
je vous transforme en quelque chose! En quoi? je n'en
sais rien, mais je vous change! ça ne fait pas l'ombre
d'un doute. Vous m'êtes devenu odieux, entendez-
vous? votre vue m'est abominable et le seul son de
votre voix suffirait à me faire tomber dans des attaques

d'épilepsie! Oui, très sérieusement, je vous le dis :
ÇA A CESSÉ D'ÊTRE POSSIBLE et je sens la minute pro-
chaine où un miracle sera à la portée de ma main!...
Allez-vous-en, Soupe! Fichez le camp! La sagesse
même et la prudence vous le conseillent ici par ma
bouche!

Du coup, le père Soupe eut le trac.

Les mains au ciel :

— Quel homme! fit-il.

Ce fut tout. Il gagna la porte et disparut. Et Lahrier,
une minute plus tard, séchait encore, sur ses tempes,
l'exaspération qui y perlait en sueur, quand il s'épa-
nouit brusquement.

Ses vingt-cinq ans, à vrai dire, avaient épargné sa
gaminerie naturelle. Il avait gardé, du bébé, le bon rire,
la mobilité d'esprit hannetonnière, l'oubli facile des
petits embêtements de la vie. Depuis longtemps il
mijotait en soi, à l'intention du père Soupe, le plan
d'une blague gigantesque, et devant l'occasion qui se
présentait de la placer, tout s'effaça : il n'y eut plus
rien, que l'agréable perspective de faire mousser le
vieil expéditionnaire et de déchaîner ses fureurs.

Le temps pressait.

Il se hâta.

Le visage barbouillé d'une couche de craie, le nez
entièrement habillé d'une carapace de pains à cacheter
écarlates, ses cheveux, qu'il portait longs, ramenés par
là-dessus à coups de brosse et tombant en mèches
éplorées sur des yeux qui se mouvaient, blancs, entre
les retroussés affreux de deux sanguinolentes paupières,
il vint s'accroupir près de la porte, de façon que Soupe,
à son retour, restât cloué d'épouvante sur le seuil, au
vu de cette face de vampire. Celui-ci, déjà, rappliquait ;
on entendait le grossissement de son pas, lentement
traînaillé par les dalles du couloir. Lahrier, jouissant,
attendait.

La porte, enfin, s'entrebâilla. Une tête passa, un
masque embroussaillé de barbe :

— Je vous demande pardon, monsieur..., pour s'en
aller?

C'était le conservateur du musée de Vanne-en-Bresse.

Ce pauvre homme, qui ne trouvait plus la sortie, l'allait quêtant de porte en porte. Successivement il avait pénétré : chez le commis d'ordre Guitare, au même moment où cet ingénieux employé rafistolait son soulier avec un morceau de ficelle; puis chez Van der Hogen, dont il n'avait vu que les jambes perchées au faîte d'une échelle (toute la partie supérieure du sous-chef disparue au fond d'un placard); puis chez Letondu, qu'il avait surpris presque à poil, en train de faire des tours de force avec le panier à bois. Si bien que maintenant, habitué déjà, il contemplait sans trop de stupeur ce nouvel et extraordinaire aperçu d'un titulaire officiel dans l'exercice de ses fonctions. Il fut charmant au demeurant, confus d'être si mal tombé :

— Combien je regrette, vraiment..., je ne sais comment me faire excuser! Je trouble là une plaisanterie qui promettait d'être excellente...

Au fond il cachait sa surprise, s'étant fait, en son trou de province, une idée autre des grandes administrations. Ce fut, entre Lahrier et lui, un vrai tournoi de courtoisie. Également empressés à repousser les protestations l'un de l'autre, ils se défendaient avec une même chaleur, avec ce même geste de la main qui refuse et se déclare indigne :

— Je vous prie de croire, monsieur, que si j'eusse pu supposer...

— Du tout, monsieur, c'est moi qui vous demande pardon!

— Ah! permettez! les regrets sont pour moi, monsieur. La faute en est à ces diables de corridors; on se perd! on se perd!

La rentrée en scène du père Soupe mit fin à cette lutte exquise; et à lui, naturellement, revint le précieux avantage de payer les pots cassés. Lahrier, un coup qu'ils se trouvèrent seuls, le traita si rudement de « vieux noc » en lui mettant le poing sous le nez, qu'il en demeura assommé, les yeux comme des noix et la bouche en jeu de tonneau.

Rendu à sa mauvaise humeur, le jeune homme se claustra en un farouche mutisme. Toute la journée il fut inquiet, fiévreux, avec la hâte d'être au lendemain.

D'une mollesse d'enfant, incapable d'une résolution, il avait adopté ce *modus vivendi* qui consiste à se laisser aller au petit bonheur de l'existence et à s'en remettre au bon Dieu du soin de trancher les questions dès l'instant qu'elles se présentent avec quelque nuance d'embarras. Vainement l'ami Chavarax qui lui vint emprunter une pincée de tabac, s'efforça-t-il de l'égayer ; il commença par n'en point tirer vingt paroles. Tout de même, lorsqu'il eut, fine mouche, flairé vaguement le dessous des cartes et ruminé entre ses dents : « Il y a du La Hourmerie là-dessous », Lahrier, stupéfait de tant de clairvoyance, dut confesser qu'il en était ainsi, et raconter en substance son entrevue avec le chef. Chavarax, qui la connaissait en détail, par Ovide, le garçon de bureau, auquel il allongeait vingt sous de temps à autre pour aller écouter aux portes et lui venir répéter ensuite les petits potins intimes de la maison, n'en triompha pas moins bruyamment :

— J'en étais sûr ! J'en étais sûr !

Puis :

— C'est pour ça ?

Il s'esclaffa :

— Vous avez de la bonté de reste, vous encore. C'est à cause de cet imbécile que vous vous faites du mauvais sang ?

— Eh ! fit Lahrier, vous êtes charmant. Ma maîtresse me donne rendez-vous pour demain.

— Hé bien, c'est bien simple ; allez-y !

— Oui, mais si le chef me joue le tour de provoquer ma révocation ?... Il en est bien capable, au fond. Il est très monté contre moi.

— Lui !...

Chavarax pouffa de rire.

— Est-ce que vous êtes fou ? Depuis quand donc, s'il vous plaît, révoque-t-on des fonctionnaires de l'État parce qu'ils ont séché le bazar ? Ce serait assez rigolo, qu'on ne puisse plus tomber malade.

— Pourtant...

— Laissez-moi donc tranquille. Les femmes sont susceptibles, voilà ce qu'il ne faut pas oublier ; et vous serez bien avancé, le jour où vous aurez blessé votre maîtresse pour le plus grand plaisir de votre chef de bureau.

Ironique et paternel :

— Nigaud, coucherez-vous avec lui, quand vous ne coucherez plus avec elle?

— Non!... dit Lahrier.

— Eh bien alors?... Ah! la la! A votre place, c'est moi qui n'hésiterais pas!

Il n'hésitait jamais, à la place des autres. C'était un très gentil garçon, duquel il se fallait méfier comme de la peste.

Non qu'il fichât les gens dedans!

Grand Dieu!...

Il les y déposait, voilà tout, délicatement et sans douleur, après les avoir pris entre le pouce et l'index. Et quand ils se trouvaient par terre, le derrière entre deux selles, il leur portait des compliments de condoléances. Sa perfidie délicieuse et pleine d'ingéniosité empoisonnait sans laisser trace, présentée le sourire aux lèvres, ainsi qu'il eût fait d'une fleur. Il ne comptait d'ailleurs que des amitiés, tant il avait la grâce aimable, mêlée de cette pointe de brusquerie qui détermine la confiance.

Il poursuivit :

— Ce serait trop bête, de se gêner avec l'administration. Vrai alors! Pour ce qu'il y a à attendre d'elle!...

— Quand je pense à tout ce que je lui ai sacrifié : une situation de trente-six mille francs au Caire et, tout dernièrement, un mariage fabuleux! Oui, mon cher, fabuleux! inouï! avec le million à la clé. J'ai refusé, pourquoi? Parce que, cette alliance, conclue avec une des plus grandes familles de France, c'était un démenti donné à toute ma vie, un soufflet appliqué à mes convictions si ardemment républicaines! Voilà ce que j'ai fait, moi; et pour en arriver à quoi, je vous le demande? à piétiner sur place, dans l'attente du poste de sous-chef qui m'est promis depuis plus de deux ans!

— Je sais, je sais, se hâta de dire Lahrier qui en était à sa millième audition des sacrifices de Chavarax.

Avide d'en éviter une nouvelle resucée, il aiguilla adroitement, en revint à ses moutons : son envie de lâcher la boîte le lendemain, mitigée de sa crainte des complications s'il donnait suite à son projet. Sa nature hésitante d'oiseau, balançait. Il gagnait de l'énervement, à peser le pour et le contre sans trouver l'énergie d'une détermination. Il finit par s'en prendre à la pile de dossiers élevée devant lui, en forteresse, si haute qu'elle lui masquait le bas de la face du père Soupe, assis à l'autre extrémité de la table commune.

La plume en l'air, l'œil assombri :

— En voilà-t'y, de l'arriéré!... En voilà-t'y, de l'arriéré!

La colère, brusquement, le conquit; et, aux approbations bruyantes de Chavarax, répétant : « Eh, oui! Eh, sans doute! »

— Zut! Zut! cria-t-il; y en a trop; je ne pourrai jamais en sortir. Je vais repasser tout ça à Sainthomme.

III

L'expéditionnaire Sainthomme, du bureau des fondations, était un maigre personnage de qui le maladif visage, éternellement en moiteur, avait l'humidité jaune clair des pommes de terre crues, fraîchement pelées. Entre les accrocs d'un veston encaustiqué ainsi qu'un meuble, sur les vastes glacis duquel on aurait aimé s'élancer, couvert d'épaisses fourrures et les pieds chaussés de patins, il dissimulait tant bien que mal l'attristante infamie de ses dessous : cette misère du linge, qui, bon gré mal gré, tient à déclarer qu'elle est là, se révèle et s'affirme quand même, en manchettes craquelées de gerçures, en faux cols chevauchés de ces cravates sans nom, que, seule, semble avoir décidées à n'être point cordons de soulier une susceptibilité bête. Rue de l'Exposition, à Grenelle, grouillait autour de ce malheureux une ribambelle de malfichus : une fillette mi-aveugle; un crapaud de cinq ans, éclopé, qui consolidait de béquilles son rachitisme précoce; un dernier-né encore au sein, dont le visage couleur de saindoux promettait, et une femme coiffée à la vierge, qui était devenue aphone pour avoir vraisemblablement disputé trop de pièces de deux sous à l'âpreté des harangères. De quoi vivaient ces gens? Problème!... de bouillons arrachés les uns après les autres à d'inépuisables pot-au-feu; — sans doute aussi de ces choux équivoques dont les abominables relents empuantaient avec une obstination digne d'éloges le palier de leur cinquième étage.

N'importe. Au milieu de cette détresse, Saint-homme, les rares moments où il n'était pas au bureau, baladait sa morne figure imperturbablement sereine, son importance de personnage chargé d'une mission officielle, et les rides multiples d'un front qu'avait ravagé à la longue le sourd travail des hantises opiniâtres. Car cette âme avait son secret, cette vie avait son mystère : l'ambition (depuis des années qui lui pesaient comme des siècles) caressée par cet imbécile de se voir élevé, un jour, à la dignité d'officier d'académie!... Et en son assoiffement d'honneurs exaspéré de déceptions, sous le coup de labeur incessant d'une idée fixe tournée à la monomanie, il en était venu à cette extrémité : considérer le genre humain comme une grande famille unie, que, seulement, divisait le mixte terrain de « ses palmes ». D'où, pour lui, deux groupes bien distincts : le *groupe ami*, exclusivement préoccupé de les lui faire obtenir; le *groupe adverse*, tout au souci de discréditer ses mérites et de compromettre ainsi ses chances à la distinction flatteuse qu'il convoitait.

Des trente employés ses collègues, pas un, bien entendu, qui n'eût son petit classement, côté cour ou côté jardin; mais surtout lui apparaissait considérable le portier de la Direction. Oh! ce sous-ordre!... Sainthomme n'en osait regarder qu'avec une respectueuse terreur le masque de sournois gorille, le petit crâne aux tempes dévastées, dont se dissimulait l'essaim d'obscurs pensers sous la feinte bonhomie d'une casquette trop large. Oui, formidable car douteux, tel se révélait, à ses yeux, ce concierge appelé Boudin!

Disons tout.

Un fréquent cauchemar, familier de ses nuits tourmentées, le lui montrait enveloppé jusqu'aux cils d'un manteau couleur de muraille, volant à de mystérieux rendez-vous où le venait bientôt retrouver le Directeur des Dons et Legs. Des enfoncements de culs-de-sac déserts abritaient ces entrevues; le maître et le valet s'y abordaient avec des airs de conspirateurs, et, durant des heures entières, à la faveur des ombres de la nuit, ils s'entretenaient à voix basse de questions ayant trait à l'Administration : celui-là recueillant des lèvres de celui-ci tous les renseignements de nature à éclairer sa religion sur le compte de ses employés : leurs heures d'arrivée à la Direction, leur hâte à en partir le soir, leur tenue dans la rue Vaneau, le nombre de camarades mâles et femelles qui leur venaient faire visite, la quantité de bouteilles de bière qu'ils se faisaient monter les jours de grande chaleur, et cœtera, et cœtera.

Tant et si bien que, l'obsession de son rêve ayant petit à petit empiété jusque sur ses veilles, Sainthomme en était arrivé à fournir des dix et onze heures de présence où les autres en fournissaient quatre et à rayer de ses papiers tout ce qui, de loin ou de près, pouvait ressembler à un congé. Plus de vacances réglementaires, de lundi de Pâques, de Premier de l'An, de 14 Juillet ou de Vendredi saint. Le petit boiteux fût venu à claquer qu'il l'eût fait mettre en terre à l'aube, de façon à pouvoir, encore, être au travail avant tout le monde !... Il venait au bureau le dimanche ; et comme le concierge, ce jour-là, mettait à profit ses loisirs pour aller prendre le vermouth avec des cochers du quartier, il lui arrivait de l'attendre des heures, sous le porche glacial de l'immeuble, — payé de sa peine si, à son retour, le pipelet le saluait d'un flatteur :

— Ah ! ah !... Quel bûcheur, ce monsieur Sainthomme !... C'est donc, comme ça, que vous êtes tout le temps sur la brèche ?

Il lui donnait sa clé :

— Voilà.

— Merci, Boudin, disait Sainthomme.

Et, par le vide de l'escalier, il s'élançait à la conquête de ses palmes ! Jusqu'au soir, seul en son bureau, il abattait de l'expédition, au milieu d'un silence si grand qu'il en avait par instants aux oreilles le bourdonnement de gros coquillage, s'interrompant de temps en temps pour étirer sa lassitude et jeter un coup d'œil, par la fenêtre ouverte, à cet azur des dimanches parisiens qui évoque les longues promenades au bord de l'eau, les haltes sous les tonnelles, les paresses et les vagues sommeils sur les herbes rôties des fortifications.....

Cela avait amené ceci : une exploitation en règle de ce délire vaniteux ;

et de la part du Directeur, qui l'entretenait jalousement, mais se gardait bien d'y satisfaire, — en homme persécuté de revendications criardes, éternellement tiraillé entre ses bonnes intentions et l'impossibilité de les réaliser faute de capitaux suffisants ;

et de la part des employés, qui, très bien, se soulageaient sur lui du surcroît de leur besogne, en lui disant : « Faites donc ça » avec des airs sous-entendus de messieurs qui ont le bras long.

Lahrier, surtout, en jouait... C'était plaisir de voir ça !

Cette fois, ce fut un délice.

Chassant d'une poussée de l'épaule la porte de la pièce où travaillait Sainthomme la face en sueur, les coudes en travers de la table :

— Eh ! Sainthomme !... Bonjour.

— Tiens, c'est vous !

— Oui, et avec du neuf, mon cher.

Il avait forgé une histoire admirable, un fourbi de secrètes accointances avec un mystérieux monsieur que sa discrétion naturelle lui interdisait de citer, mais qui, très haut placé dans la bonne grâce présidentielle, semait à son bon plaisir des mânes de rubans violets... En sorte que, depuis deux ans, il cultivait en les alimentant les convoitises de son collègue, ayant toujours, à la disposition de cette brute, des piles de dossiers amassés et des cliquetis argentins de palmes académiques.

A la révélation qu'il y avait « du neuf », Sainthomme se roidit contre une défaillance ; mais quelle que fût sa volonté à masquer pudiquement son trouble, un hoquet d'émotion coupa en deux morceaux le « Entrez donc » qu'il jetait à Lahrier. Celui-ci, dont on voyait juste la figure et le haut de l'épaule engagé dans l'entrebâillement de la porte, se faisait fort tirer l'oreille. Il jouait le monsieur débordé de besogne, qui repassera une autre fois n'ayant pas le temps de flâner. Enfin, sur de nouvelles instances, il dit qu'il voulait bien entrer une seconde.

— Une seconde, mon vieux, pas plus; parce que, vous savez, j'ai à faire.

— Eh oui! eh oui!

Il entra donc, pliant sous le poids des dossiers qu'il maintenait de son bras sur sa hanche et dont il se hâta de caler, à la moleskine d'une chaise, la pile énorme et vacillante. Mais déjà Sainthomme s'en était emparé, et, pendant que l'autre, bon apôtre, mimant la stupéfaction, interrogeait, l'air bête, « Qu'est-ce que vous faites là? » il l'allait enfouir sans mot dire, en les enfoncements d'un placard qu'ensuite il refermait à clé.

— Ne vous inquiétez pas.

— Comment!

— Laissez donc, je vous dis; laissez donc.

Puis :

— Vous pouvez bien me permettre, quand le diable y serait, de vous donner un coup de main?

Alors Lahrier fut tout à fait grandiose. Hautement il se récria; il se plaignit que ce fût toujours la même histoire et déplora amèrement la sottise dont il témoignait en se laissant tout le temps pincer. Il finit par élever la voix et par EXIGER ses dossiers. Sainthomme dut faire valoir des droits. Affectueux et ferme tout ensemble, il eut le sec « Permettez » devant lequel on n'a plus qu'à baisser pavillon; en même temps, de ses doigts ouverts sur le geste avancé de Lahrier, il faisait taire les discrétions absurdes, opposait une digue infranchissable au flux des généreuses fougues :

— Je sais ce que je vous dois!... Je le sais... Et plus un mot, hein?... Il suffit!...

— Que vous me contrariez! fit Lahrier.

Sur quoi, sans transition :

— Ça marche, votre affaire.

— Oui? questionna le pâle Sainthomme.

— Tout à fait; oh mais, tout à fait!... J'ai vu notre homme hier soir.

— Eh! bien?

— Eh! bien, l'affaire est dans le sac. Il a longuement

parlé de vous au Président de la République, qui s'est montré fort attentif et aussi bien intentionné que possible à votre égard. — Ce sera pour le 14 Juillet.

— Sûr?

— Ou pour le 1er Janvier. Pour cette année, enfin... ou l'autre. C'est imminent, en tout cas.

Il parlait, et les yeux de Sainthomme flambaient verts, tels les yeux en bouchon de carafe de ces gigantesques poupées qu'anime O'Kill le ventriloque, ce pendant qu'à Grenelle, rue de l'Exposition :

— Quand on pense, criait la femme devant le vide sinistre du buffet, quand on pense que, depuis sept ans, on ne l'a pas augmenté d'un sou!... Deux cents francs seulement, mon Dieu; une augmentation de deux cents francs, et ce serait le loyer payé!...

TROISIÈME   TABLEAU

I

Bien que le règlement intérieur portât : « Les Bureaux
de la Direction seront ouverts de onze heures à quatre heures », il était rare que M. de La Hourmerie ne s'at-
tardât pas à la besogne jusqu'à six et sept heures du soir.
De là, l'hiver, une consommation de pétrole et de coke
bien faite pour navrer le chef du matériel, le parcimo-
nieux M. Bourdon, qui s'en lamentait en effet et regar-
dait avec des révoltes contenues filer en une saison, entre
les mains de son collègue, les économies d'une année
laborieusement réalisées sur tout le reste du personnel.
Si bien qu'entre ces deux messieurs animés de zèles
égaux mais agissant en sens contraires, les relations
s'étaient tendues, puis aigries, et qu'ils en étaient venus
à ne se plus parler ni même saluer lorsqu'ils se ren-
contraient, s'entretenant par lettres cérémonieuses et
sèches des intérêts communs de l'administration.
Bourdon traitait La Hourmerie de paperassier et de
gaspilleur; La Hourmerie, de son côté, appelait son
collègue « Monsieur l'Épicier », par allusion à la ficelle
et aux bougies dont le chef du matériel était le grand
répartiteur, et ces grotesques inimitiés faisaient suer
Lahrier à grosses gouttes.
Donc ce jour-là, comme de coutume, M. de La
Hourmerie travaillait encore, bien qu'il fût près de
cinq heures et demie.

Il venait d'allumer sa lampe, et sous le coup de clarté de l'abat-jour il revisait les rédactions de Chavarax avant de les envoyer au visa d'approbation du Directeur.

C'était pour lui l'heure vraiment douce de la journée, où se pouvaient gaver, délecter tout à l'aise, de belle prose administrative, ses instincts de rond-de-cuir endurci. A lire les phrases de Chavarax, hérissées d'âpres lieux communs, il goûtait des joies de fin gourmet. Ses jouissances étaient infinies, encore, d'ailleurs, que tout intimes et qu'à peine un soupçon de sourire les trahît ; — moins qu'un soupçon : une ombre, une idée, un rien! on n'eût su dire quoi au juste de tendrement voluptueux endormi en ses coins de lèvres.

Autant Lahrier lui pesait aux épaules, autant, par contre, il prisait Chavarax, avec lequel, des heures entières, il discutait de jurisprudence, le derrière présenté aux bûches de la cheminée entre les pans écartés de sa redingote. L'érudition de son employé le comblait d'aise, son ardeur à préconiser la sagesse du Conseil d'État, l'impeccabilité de la Cour de Cassation. Pourtant il n'était pas fâché de jouer un peu, lui-même, à l'indispensable, en présentant au Directeur les rédactions de Chavarax parsemées de larges traits d'encre et de rectifications en marges.

Deux coups.

— Entrez!

C'était Ovide. Il tenait une lettre à la main, et sans mot dire, — ce sage savait le prix des paroles, — il vint la tendre au destinataire, à bout de bras.

— De qui donc? fit M. de La Hourmerie.

— De M. Bourdon. Y a une réponse.

— Voyons cela.

L'enveloppe indiquait : « Pressée et rigoureusement personnelle. » Il se hâta de décacheter.

Voici ce que contenait le message :

Monsieur et cher Collègue,

J'ai l'honneur de vous faire savoir que dans la journée d'hier, votre employé, M. Letondu, a, de son pied lancé avec violence, fendu la porte de son bureau, faisant voler en éclats, du même coup, la large vitre dépolie qui formait la partie supérieure de cette porte. En outre, M. Letondu, dont l'esprit d'état anormal paraît loin de s'améliorer, manifeste depuis quelque temps une prédilection marquée pour les exercices du corps. Il a apporté des fleurets et durant des heures entières il boutonne les murs de sa pièce dont le papier n'est plus que loques et lambeaux. Il fait également des haltères, sortes de poids à deux têtes qu'il lève à la force des bras, puis laisse retomber bruyamment sur le sol, au grand effroi de M. Guitare, commis d'ordre, logé exactement au-dessous, ainsi que vous n'en ignorez pas. Ces choses, compliquées des marches, contremarches, appels de pied et autres évolutions inhérentes à l'art de Gâtechair, ont été d'un fâcheux effet pour le plancher de votre subordonné. Les lattes, ébranlées, se disjoignent et se désagrègent de toutes parts ; en même temps, par contrecoup, le plafond de M. Guitare s'écaille, se lézarde, s'entrouvre, s'écroule peu à peu, en un mot, sur la tête de ce fonctionnaire.

« La céruse lui en pleut dans les cheveux, m'a-t-il dit, sous l'aspect de bris de coquilles ».

Des travaux de réparations sont donc devenus indispensables, et je compte y faire procéder dans le délai le plus rapide, malgré que le devis établi s'élève à la somme relativement considérable de cent trente-sept francs quarante-cinq centimes (137 fr. 45).

Permettez-moi de vous faire remarquer, cependant, que je ne saurais faire face à cette sortie de fonds sans quelque scrupule de conscience, et que j'ai longuement hésité si je n'en référerais pas à l'Autorité Directoriale de ce cas tout particulier... Un sentiment de solidarité et de bonne camaraderie, que vous apprécierez sans doute, m'a décidé à n'en rien faire, mais vous penserez avec moi que, dans l'esprit du législateur, le budget du matériel n'a pas eu pour but de parer aux extravagances d'un énergumène.

Or, M. Letondu est fou, le fait n'est plus à discuter. Hanté de cette monomanie : « la régénération de l'homme par la gymnastique », il ne monte plus les escaliers de la Direction et n'en parcourt plus les couloirs qu'en criant :

« Une! Deux! » à tue-tête, sous prétexte de développer ses pectoraux et de faciliter leur jeu, ce qui est une cause incessante de désordre.

J'ajoute qu'il devient inquiétant, que journellement, en son bureau, il mêle à ses divagations les noms de ses supérieurs hiérarchiques, et qu'après avoir, hier, chez moi, signé d'une main fiévreuse la feuille d'émargement, il m'a presque jeté au visage la plume dont il venait de se servir, faisant suivre cette voie de fait de cette déclaration incompréhensible :

— Je tremble, monsieur Bourdon, je tremble... mais ce n'est pas de peur, c'est d'indignation!

Cette situation, Monsieur et cher Collègue, ne saurait subsister sans de graves inconvénients. Des intérêts moraux et pécuniaires en souffrent, et il y a lieu d'y mettre fin, soit en faisant donner à M. Letondu un congé pour raison de santé, soit en sollicitant du Conseil d'État sa mise à la retraite proportionnelle. Vous n'hésiterez pas, j'en demeure convaincu, à agir au plus tôt dans ce sens. Pour moi, je suis déterminé à sauvegarder désormais la lourde responsabilité qui m'incombe et les fonds confiés à mes soins, fonds assez modiques, vous le savez, et que certains services, — je ne songe à attaquer ici les prodigalités de qui que ce soit en particulier, — ne grèvent déjà qu'avec trop de sans gêne.

J'ai l'honneur de vous saluer.
Hégésippe Bourdon.

De La Hourmerie avait l'agacement facile.

Il eut un geste impatienté :

— Allez dire à M. Bourdon qu'il m'embête!

Mais comme Ovide répondait : « Bien, m'sieu » et partait faire la commission, il l'arrêta :

— Non! Attendez!

Et, amenant à soi une feuille de papier à en-tête administratif, il y jeta ces lignes de sa large écriture :

Le Chef du Bureau des Legs remercie son collègue du Matériel de sa communication. Il étudiera la question avec tous les soins qu'elle comporte, et prendra telles mesures qu'il jugera utiles.

Salutations.

De La Hourmerie.

— Portez cela.

Resté seul, il s'affala, en son fauteuil, fixant de biais, sans voir, par-dessus son pince-nez, la débandade de chemises officielles éparpillées parmi sa table de travail, d'un bleu sombre où s'enlevaient en noir lithographié ces mentions indicatrices : *Signature de M. le Ministre, Signature de M. le Sous-Secrétaire d'État, Signature de M. le Directeur Général, Conseil d'État, Présidence.*

Il marmotta :

— Fou! Parbleu! Comme si je ne le savais pas!

Il le savait si bien, que, quelques jours avant, il avait eu à ce sujet une longue conférence avec le Directeur, et que celui-ci s'était nettement retranché derrière l'impossibilité d'agir. Le Directeur, en effet, M. Nègre, était un de ces lâcheurs aimables desquels il n'y a pas plus à redouter qu'à attendre. Tout jeune, d'une beauté robuste que poudrait un frimas précoce, il apportait dans sa mission le prestige de sa distinction exquise et le scepticisme souriant d'un augure de la décadence. Son rare talent d'orateur enveloppait comme une caresse, le rendant précieux, presque indispensable, en cette maison de la rue Vaneau où tenait lieu d'augmentation le bel art de faire espérer plus de beurre que de pain, et le fait est qu'on n'eût pas trouvé son pareil pour gargariser le personnel du miel calmant de discours aussi onctueux de bonne grâce que dépourvus de bonne foi. Sa parfaite incapacité et sa science du mot sonore assuraient ses hautes destinées.

En attendant qu'elles s'accomplissent, Letondu, lui, faisait des siennes. Il bouleversait la Direction de ses excentricités après l'en avoir réjouie, et Bourdon, en le signalant comme inquiétant, trahissait une façon de voir devenue peu à peu générale. Mon Dieu, ce n'était pas encore de l'épouvante, mais tout de même on commençait à s'émouvoir, à le saluer étrangement bas quand on le croisait dans l'escalier. Tel qui, naguère, rendait bien juste son coup de chapeau à ce pauvre diable humble et propre, pénétré de sa petitesse, le comblait de sourires à présent (sourires d'autant plus épanouis et larges que s'assombrissait davantage le front concave de Letondu où les rires couraient en

cordes de contrebasse), et cette recrudescence d'amabilité était l'indice d'une anxiété non douteuse.

La plume aux dents, les yeux promenés de gauche à
droite, le chef de bureau s'était remis à la besogne,
mais sa pensée, hantée désormais, le servait mal.
Visiblement la lettre de Bourdon lui avait tourné les
sangs, tombée dans sa béatitude à la façon d'un billet
de faire-part dans l'entrain, qu'il glace d'un seau
d'eau, d'une joyeuse fin de dîner. Ç'avait été le brutal
rappel à de fâcheuses préoccupations momentanément
écartées. Il se surprit à tourner une page sans avoir
conservé le souvenir d'en avoir lu une seule ligne, et à
cette preuve criante du trouble qui l'agitait, il ne put
retenir un claquement de langue.
Violemment il sonna Ovide qui parut.
Ovide, quand il s'apprêtait à recevoir une communication, ouvrait une bouche de boîte aux lettres. A la
question posée par M. de La Hourmerie, avec un
calme bien feint : « Est-ce que M. Letondu est parti? »
il eut, de la tête, un léger recul étonné :
— M'sieu Letondu? Ah! ben oui... Je m'étonne s'il
s'en va jamais avant dix heures.
— Du soir? s'exclama M. de La Hourmerie.
— Bien sûr, du soir.
Le garçon de bureau ricana, amusé de la figure du
chef qu'abrutissait cette révélation. Et il conta la belle
histoire arrivée à Boudin, le concierge, quelques jours
auparavant.
Celui-ci, las d'avoir attendu vainement jusqu'à plus
de neuf heures et demie le départ de Letondu, inquiet,
naturellement, et pressé de se mettre au lit, avait fini
par monter voir en personne, une bougie au fond d'un
cornet de papier. Doucement il avait entrebâillé la
porte et passé le haut de la tête en déclarant d'une voix
à la fois suave et ferme :
— Faut s'en aller, monsieur Letondu; les bureaux
ferment à quatre heures.
Letondu qui, seul dans la nuit, effrayant et inexpli-
cable, était debout sur sa cheminée, était alors descendu
de son perchoir; et il s'était avancé vers la porte, à ce

point suave, lui-même, par ses yeux en boules de loto et le grimacement contorsionné de sa bouche, que le prudent Boudin avait regagné sa loge comme César, autrefois, la Gaule : *in summa diligentia.* Depuis ce temps il laissait Letondu à son ombre et à son mystère, se couchait à huit heures moins le quart et pressait sur la poire à air, quand l'employé, au milieu de la nuit demandait : « Cordon s'il vous plaît ! »

— Par exemple, celle-là est raide ! fit M. de La Hourmerie, après la minute de silence de l'homme qui a pris son temps et digéré savamment sa stupeur.

La gifle à plat dont il cingla les moulures maculées d'encre de sa table, le mit debout tout d'une pièce.

— Non, vrai, elle est trop forte ! Il faut que j'aille voir.

Ovide, ravi de son effet, gardait le rire muet des caïmans. D'une bourrade le chef l'écarta et sortit, tourmenté à son tour de cette même curiosité angoissée qui avait déjà travaillé l'âme pusillanime du concierge.

II

Le long du corridor cul-de-sac qui conduisait au cabinet de Letondu, il s'aventura discrètement, les doigts au mur, pestant contre ses souliers qui pépiaient à ses pieds comme de petits oiseaux. A cette heure, la tombée du soir emplissait de doute l'étroit boyau, le prolongeait interminablement, pareil à un tunnel sans fin. Une succession de pâleurs imprécises, imprécisées et appâlies de plus en plus, marquait des portes ouvertes sur le vide des bureaux où traînait un restant de lumière.

Il fit dix pas et s'arrêta.

De là-bas, tout là-bas, comme du fond d'un puits, la voix montait, de Letondu parti à pérorer tout seul et discourant touchant les turpitudes humaines. D'abord hésitante, vagabonde, sa folie chaque jour grandissante s'était venue, enfin et définitivement, fixer en un chaos d'âpre misanthropie qu'une admiration désordonnée de l'antiquité, compliquait, sans que l'on sût pourquoi.

Tant qu'il sentait autour de soi le grouillement vivant de ses collègues, ça allait encore à peu près, il se contenait, roulait simplement des yeux de fauve, et étouffait entre ses dents des grondements d'orage lointain. Mais sitôt seul, tout éclatait! c'était le brusque débordement d'un liquide laissé trop longtemps sur le feu. C'est ainsi que M. de La Hourmerie l'entendit

pousser l'un sur l'autre plusieurs « Pouah! » signifi-
catifs, et essuyer bruyamment, de sa botte, les crachats
semés par le plancher en signe de dégoûtation :

— Pouah! pouah! ah pouah! Ah, cochonnerie!

Dans les échos de cette solitude, la voix du fou
prenait d'étranges sonorités. Ce fut d'un ton de prêtre
en chaire, qu'il poursuivit, disant que les temps étaient
proches! que des événements immenses se préparaient!
car à la fin c'était l'invasion de la fange, et il importait
que les âmes vraiment grandes en vinssent à la réalisation de leurs généreux desseins!

Il exposa :

— Je me rendrai à la Chambre des Députés, portant
le fer sous le feuillage, comme Harmodios et Aristo-
giton. Je monterai à la tribune; et là, en présence d'un
peuple innombrable venu des quatre coins du globe
pour m'acclamer, je dirai!...

Il s'interrompit. Un temps interminable préluda
à ce qui allait suivre. Puis les syllabes détachées,
présentées une à une ainsi que des oracles :

— Je dirai des choses formidables!... qui étonneront
les plus sceptiques!... et glaceront le cœur des plus
braves, d'une indicible épouvante!!!

— Hein! souffla à l'oreille de M. de La Hourmerie,
Ovide qui l'était venu retrouver en silence.

Il triomphait. A cet homme de sens pondéré et
rassis, le détraquement cérébral de Letondu apparaissait prodigieusement farce et cocasse. Il étouffa dans
le creux de sa main un rire qui s'y acheva en foirade,
car le chef, d'un geste bref, venait de lui imposer
silence :

— Chut!... Écoutez!

— Que d'hommes! — je dis : en cette maison,
(déclamait maintenant Letondu avec une majesté
imposante), que d'hommes justement accusés de servi-
lité et de bassesse seraient ici soupçonnés du contraire!!!
si ce contraire n'était encore un moyen détourné, qui
les signale...

(Ici, ce fut le bruit d'une chaise qu'on a empoignée
au dossier, brutalement replantée, ensuite, sur le sol).

— ... à la réprobation générale!!!

Il dit, et, de nouveau, se tut. Les deux hommes écoutaient toujours, dans l'attente anxieuse de ce qui se préparait.

— Salut aux gens de bien! reprit enfin le fou dont on devinait le large mouvement emphatique, distributeur de justes palmes. Salut aux âmes irréprochables! salut aux cœurs purs, dignes de ce nom! salut aux consciences d'élite! Aux honnêtes gens de tous les temps, passés, présents et à venir, j'entre et je dis : « Je vous salue, messieurs! » — Mais honte à ceux-là, misérable et vil troupeau de brutes que guide la seule flétrissure de leur néfaste réciprocité, à travers une vie inutile, semée en apparence des plus nobles attributs de la vertu, en réalité du fumier de la duplicité, de la déloyauté et de la perfidie!...

— Mais qu'est-ce que ça veut dire, tout ça? implora de soi-même le désolé La Hourmerie; qu'est-ce que tout ça peut bien vouloir dire, Seigneur Dieu!

Grave, il murmura :

— Oh! cela finira mal!

Et ce seul mot, éloquemment ponctué d'un de ces hochements de tête qui n'ont pas confiance, le confessa malgré lui, ouvrit une échappée béante à l'essaim tumultueux et secret de ses inquiétudes. Letondu ne soufflait plus mot, immobile à présent sans doute, et regardant tourbillonner autour de soi les ondes mourantes du crépuscule.

Soudain il se réveilla; d'une voix qui sonna en appel strident de trompette :

— Une enquête! cria-t-il, une enquête! La révélation des monstrueuses turpitudes qui souillent les dessous de cette maison importe au salut de la Chose Publique! Des faits!... et des noms!... Oui, des noms!... des noms plus encore peut-être!!! ou moins; qu'importe?... jetés comme autant de soufflets à la face rougissante de honte d'un Univers à jamais consterné, voilà ce qu'il faut! Haut les cœurs! Haut les âmes! A moi les hommes de bonne volonté et de généreuse initiative!... Une enquête! Une enquête! Une enquête!

Et comme, dans un flot de rauques aboiements, Letondu vouait tout à coup à l'exécration des humains

« cet ignoble La Hourmerie! » le chef de bureau, bouleversé, frappé d'un coup de pied au creux de l'estomac, n'hésita plus :

— Allons, il faut en finir.

Un instant après, il pénétrait chez le Directeur.

III

—

Là, c'était comme un bain de pénombre doux et tiède, avec seulement, au loin, la tache éblouissante de la table directoriale, qu'une lampe au bedon hydropique inondait d'un flot de clarté. Une garniture Empire, aux cuivreries piquées d'étoiles, chargeait une cheminée de marbre dont les deux montants parallèles empiétaient sur le sol en griffes contractées, tandis qu'un buste de Solon, juché sur la corniche d'une bibliothèque, mirait dans le cadre d'une glace ses épaules nues, son front de penseur et l'insondable idiotie de ses yeux vides. Les vagues rougeurs de lourds et funèbres rideaux, tirés devant les fenêtres, masquaient les jardins de l'hôtel Prah en bordure sur la rue Vaneau, de l'autre côté de la chaussée.

La main tendue de loin, grande ouverte, à M. de La Hourmerie, qui se pressait, confus de tant de bonne grâce :

— Eh bonjour, homme de tous les zèles et de toutes les activités! cria joyeusement M. Nègre. Dernier rempart des saines traditions, prenez une chaise et vous mettez là. Fumez-vous?

En même temps il lui présentait une boîte pleine à demi de fines cigarettes orientales.

— Non? Ah pardon! J'oubliais que vous êtes sans vices, cher ami.

Lui-même pêcha une cigarette, et l'ayant allumée au fil de la lampe :

— Et à quoi dois-je, à cette heure inopinée, l'avantage de votre visite?

Il avait pris, ce qu'en style de vaudeville, on nomme « une position commode pour entendre », renversé dans le dos d'acajou de son fauteuil et le genou haut, enfermé dans les mains. L'insensible nuancé d'un dessous d'aile d'ara, monté de l'abat-jour fanfreluché et rose, enluminait ses joues, lasses un peu, de viveur chic. Au revers de sa redingote, la rosette d'officier de la Légion d'honneur mettait une gouttelette de sang, et, vraiment, il était charmant à voir ainsi, chassant par les naseaux un double jet de fumée, sentant bon le modernisme aimable et ce je-m'en-bats-l'orbitisme bon diable, auquel on tenterait vainement d'en vouloir, sans jamais en trouver le courage. Il souriait, d'ores et déjà conquis et prêt à tout ce qu'on voudra, pourvu qu'on n'attente point à sa tranquillité, mais le chef de bureau n'eut pas ouvert la bouche et lâché le nom de Letondu, qu'il sursauta :

— M. Letondu! Encore M. Letondu! Ma parole, on ne parle plus que de M. Letondu, ici! A la fin, me laissera-t-on tranquille avec M. Letondu! J'ai déjà exposé que je ne pouvais rien! rien, entendez-vous? rien! rien! rien! Et puis d'abord, je n'admets pas qu'on se permette de venir me raser à des heures non réglementaires! De deux à quatre, tant qu'on voudra; mais passé quatre heures, je proteste. Ça deviendrait de l'arbitraire, aussi. Oh! ce Letondu!

Dans ce « oh », éructé du fin fond de la gorge, un monde de haine tenait; la rage justement exaltée du monsieur qui a fait l'impossible et au-delà pour être agréable à tout le monde, qui a semé sans compter l'or des bonnes paroles et des sourires pleins de promesses, qui, enfin, aurait bien gagné d'avoir la paix, et dont une brute malfaisante s'en vient troubler la bonne petite existence réglée au mieux de l'intérêt général! Pourtant il sentit qu'il avait été un peu loin.

Il se mit à rire, et pour le forcer à se rasseoir, fit

doucement violence à M. de La Hourmerie, lequel se levait, l'air pincé.

— Voyons, mon cher! Voyons, mon cher! Vous n'allez pas vous fâcher, j'espère bien!

Il reconnut qu'il s'était emballé et très gentiment il en demanda pardon, expliquant qu'il était bien excusable de perdre quelquefois patience, tant son personnel l'assommait de ses perpétuelles réclamations. Il dit sa vie alors, sa triste vie, tuée en partie à écouter des plaintes; il dépeignit l'ininterrompu défilé des lésés et des mécontents, leurs attitudes découragées, leurs figures navrées et navrantes.

— Une procession, je vous dis! une véritable procession!

A celui-ci, de qui la femme venait d'accoucher, c'était un secours qu'il fallait; à celui-là, une augmentation de trois cents francs! à Sainthomme, les palmes! à cet autre... que sais-je! Jusqu'à Van der Hogen, bon Dieu! qui s'était mis à miauler avec les chacals, lui aussi, et à venir épancher dans le giron suprême ses amertumes d'homme supérieur dont on méconnaît les services.

Les services de Van der Hogen!...

Quand il en vint à Chavarax, les yeux lui jaillirent de la tête.

— Mon cher, c'est inimaginable. Doué d'un de ces toupets démontants que rien ne saurait désarmer, ni les bienfaits tombant en pluie, ni les coups de pied lancés dans le derrière par centaines, Chavarax m'extirpa un jour la promesse d'une place de sous-chef pour une époque indéterminée. Cette promesse..., — je parle ici à un homme vieilli dans le sérail et qui sait à quels faux-fuyants oblige parfois la terrible lutte pour la paix...

L'homme vieilli dans le sérail eut un fin sourire édifié.

Le Directeur continua :

— ... Je la fis avec l'intention sous-entendue de la tenir le jour où j'en aurais le temps; en vue surtout d'avoir le repos, de faire taire enfin un *lamento* odieux, sempiternellement marmotté et larmoyé à mon oreille. Fatale imprudence! Depuis lors (et je vous parle de

deux ans,) Chavarax s'est érigé en cauchemar de mon
existence. Armé du pseudo-engagement arraché de
force à ma faiblesse, il s'en sert ainsi que d'un trom-
blon, et il en braque sur moi, sans trêve, la large gueule
menaçante. Je suis là, assis à cette table, heureux et
calme, goûtant la tendresse de l'avril revenu encore une
fois. La porte s'ouvre, Chavarax paraît. Horreur! il
s'avance sur moi la main ouverte. Avec un infernal
sans-gêne auquel il faut bien que je sourie ne l'osant
châtier à coups de bottes, il s'affale en un fauteuil, il
roule sa cigarette, l'allume, et du même ton ensemble
enjoué et respectueux dont il dirait :

« Je viens chercher des ordres », il dit :

« Je viens chercher ma place. »

Sa place!... Cette place que je lui ai promise en une
minute à jamais exécrée d'aberration et de démence;
cette place que je n'ai pas et que, n'ayant pas, je ne
peux pourtant pas inventer, nom de Dieu! En vain
j'essaye des calmants, je répète : « Patience! Patience!
L'avenir, monsieur Chavarax, est à ceux qui savent
attendre. La Direction des Dons et Legs est de personnel limité et les mutations y sont rares. Patientez, et
laissez-moi faire! », Chavarax est impitoyable! Une
bouche de marbre me parle par sa bouche. Au mot
« patience », il a élevé vers le ciel des yeux voilés de
fausses larmes, et, ayant jeté sa cigarette aux cendres
tièdes de mon âtre, il s'écrie :

« C'en est trop! O noire ingratitude! O inhospitalière
maison à laquelle j'ai tout sacrifié! »

Et, là-dessus, c'est l'énuméré des inappréciables
avantages auxquels il a renoncé par amitié pour moi
et attachement à nos libérales institutions : un million
de dot! quarante mille francs en Égypte! quatre-vingt
mille au Labrador! le gouvernement du Tonkin, du
Cambodge et de la Cochinchine! la royauté d'une
peuplade nègre! est-ce que je sais!... Confondu, j'offre
timidement une augmentation de cent francs à titre
de compensation. Il accepte.

« En attendant », dit-il.

Et il attend. Il attend un mois, puis revient :

« Ma place? »

Et ça recommence! et je relâche cent francs, et il rempoche les cent francs avec un sourire de victime de qui le cœur est un abîme d'indulgence! et en voilà pour un autre mois! Ah le monstre! En sorte que j'en suis venu à ne plus oser mettre un pied en cette pièce, crainte d'y rencontrer Chavarax; je vis dans la terreur incessante de cet homme comme vit un épileptique dans la terreur incessante d'une attaque!...

Sa conclusion fut un *tu quoque* triste et doux :

— Et vous, La Hourmerie, aussi! Vous, à qui je n'ai jamais rien fait, voilà maintenant que vous vous mettez au nombre de mes ennemis et que vous venez me persécuter avec M. Letondu!

— Mais il est fou! clama M. de La Hourmerie, dont les mains retombèrent, éperdues, sur les cuisses.

— Qu'est-ce que vous voulez que j'y fasse? reprit M. Nègre. Suis-je médecin aliéniste et puis-je le guérir? Non. Suis-je son parent et puis-je, à ce titre, provoquer son internement dans une maison de santé? Non. Alors, j'en reviens à ma question : qu'est-ce que vous voulez que j'y fasse? Accouchez. Si vous avez trouvé un joint, allez-y! j'y souscris d'avance. Oh, je ne suis pas entêté, moi.

Il avait pris une nouvelle cigarette qu'il allumait à la première.

— Car, enfin, vous ne supposez pas que je vais révoquer ce malheureux et le jeter à la rue comme une coquille d'huître?

— Non, sans doute! fit La Hourmerie dont le taf extraordinaire s'était pourtant leurré de cet espoir, et qui, perfidement, insinua :

— Peut-être une mise à la retraite anticipée, proportionnée aux années de service...

Mais le Directeur, de la main, balaya cette proposition. Sec et précis comme une règle de trois, il déclara :

— Mon bon ami, vous dites là un enfantillage. Il n'y a, entendez-moi bien, mise à la retraite proportionnelle qu'autant qu'il y a eu infirmité contractée dans le service et dans l'intérêt de ce service. La jurisprudence administrative est formelle à cet égard. Si je le saisissais d'une demande de mise à la retraite en faveur de

M. Letondu, le Conseil d'État m'enverrait coucher, ça
ne ferait pas un pli.

Il se leva, ayant jeté de biais un coup d'œil sur la
pendule et tressailli malgré lui, à la voir indiquer la
demie de six heures.

— Oh diable! six heures et demie!

C'était ce soir-là, aux Folies, la centième du *Roi
Mignon*, opérette bouffe, en trois actes, à laquelle il
avait collaboré anonymement. D'où : souper, et, aussi,
couplets! auxquels il lui fallait mettre la dernière main,
et qu'il se proposait de chanter au dessert sur l'air :
J'avais jadis un caniche à poil ras. Il redoubla d'amabilité, abattit sur l'épaule du chef de bureau qui mur-
murait, point convaincu : « C'est égal, ça finira mal! »
de légères tapes rassurantes.

— Soyez donc tranquille, mon vieux! avez-vous
peur d'être égorgé?

Il riait.

Il lâcha ce mot à la Louis XV :

— Farceur! est-ce que tout cela ne durera pas autant
que nous?

QUATRIÈME TABLEAU

I

La nuit ne porta pas conseil à Lahrier. Le lendemain le retrouva ce que l'avait laissé la veille, exactement.

Habillé, le chapeau sur la tête, il demeura cinq grandes minutes à se faire les ongles devant la glace, hésitant s'il allait partir ou rester là. A sa crainte de s'attirer des embêtements, s'il poussait le manque de pudeur jusqu'à lâcher le Ministère après la mise en demeure nette et claire de la veille, se mêlait l'envie folle de le lâcher tout de même, et il pensait :

— Après tout, Chavarax a raison; je peux être tombé malade.

Il se décida, enfin. Un mot griffonné à la hâte, roulé ensuite en cigarette et fourré dans le trou de la serrure, avertissait Gabrielle de venir le retrouver à la direction :

« . . . .
... C'est rue Vaneau, mon mimi; au 7 *bis. Tu reconnaîtras la maison facilement : il y a un drapeau au-dessus de la porte. Inutile de me demander au concierge, que je soupçonne de faire le mouchard. Monte directement. C'est le premier escalier à gauche, sous le porche. Quatrième palier, bureau* 12... ».

Là-dessus il partit, se réservant de voir venir les événements. Un seul dessein, en son esprit, se formulait avec netteté : exaspérer le père Soupe par le procédé habituel, le faire mousser peu à peu, jusqu'à ce que, l'ayant poussé à bout, il eût enfin obtenu de lui la libre jouissance du bureau; mais la surprise, vraiment inattendue, qui accueillit son arrivée, lui simplifia, au-delà de toute espérance, la réalisation de ce projet.

Est-ce que le père Soupe, ce jour-là, (à cent lieues de soupçonner l'arrivée prématurée de son collègue), n'avait pas inventé de se laver les pieds? et ce, dans la cuvette commune?

Parfaitement! Assis sur une chaise, adossé au tuyau d'aération des lieux qui traversait la pièce dans toute sa hauteur, il raclait ses jambes velues et empoissées de savon noir, ses genoux cabossés en flancs de vieille casserole et que les replis de la culotte coiffaient d'un double turban.

A la vue de Lahrier, il changea de couleur :

— Vous!... Comment, c'est vous!... à c't'heure-ci!...

Tel était son ébahissement qu'il en restait plié en deux, les mains entrées jusqu'aux poignets dans l'eau nuageuse de son bain.

— Eh ben vrai, alors, c'est du propre! déclara Lahrier qui fit halte sur place; voilà maintenant que vous vous lavez les pieds ici! Est-ce que vous perdez la tête? Vous ne pouviez pas choisir un autre endroit pour y aller faire vos ordures?

— Mes ordures! dit Soupe; mes ordures!

— Oui, vos ordures! C'est ragoûtant, peut-être, ce que vous faites là! et puis j'irai me laver les mains là-dedans, moi, après? Que diable, on s'enferme chez soi quand on veut se mettre la crasse à l'air, et vous n'êtes pas chez vous ici.

Soupe, humilié, se rebiffa :

— Je vous demande pardon, j'y suis.

— Je vous demande pardon également, vous n'y êtes pas.

— Ah! bah! et où donc suis-je, alors?

— Vous êtes chez *nous*, ce qui n'est pas la même chose.

— Si je suis chez nous, je suis chez moi.

— Vous mentez.

— Ah! mais...

— Vous mentez!!!

— C'est trop fort! cria le père Soupe. Monsieur Lahrier, vous êtes un galopin.

— Et vous, dit Lahrier, vous êtes un vieux cochon.

— Malappris! grossier personnage!

— Ah! pas d'insolences, je vous prie. Je suis poli avec vous, moi.

— Poli!...

A cette profession de foi extravagante, le pauvre homme demeura sans armes, avec seulement un lent regard, qui monta au plafond, navré et pitoyable.

— Poli!...

Il se tut toutefois, il tenta de l'apaisement, se sentant enferré dans ses torts, jusqu'au cou. Justement, de la pièce voisine, Letondu intervenait, cognant au mur à coups d'haltères et hurlant : « Gloire à la vieillesse! Honneur au respectable Soupe! Celui qui n'a pas le respect des cheveux blancs, se ravale au rang de la bête! » en sorte que Soupe jouait l'effroi, exhortait Lahrier au silence, par une mimique compliquée, des deux bras. Mais Lahrier se moquait un peu de Letondu! il tenait la scène à faire et ne l'eût pas lâchée pour beaucoup d'argent. Or, voici que de ses yeux, machinalement promenés, il aperçut les chaussures du vieux, posées côte à côte sur la table et y bâillant à l'air libre, dans un éparpillement confus de paperasses administratives.

Alors tout fut bien.

Il cria :

— Et allons donc! les godillots sur la table! c'est le bouquet!

D'un bond il fut sur les chaussures. Il les empoigna aux tirants et, par l'entrebâillement de la porte, il les lança à la volée dans les lointains ténébreux du corridor où on les entendit s'abattre l'une après l'autre avec le bruit de deux plâtras qui se détachent.

— Mes souliers! rugit le père Soupe, mes souliers! Il a jeté mes souliers, à c't'heure!

— Oui, dit Lahrier; et je jette vos bas à la rue, si vous ne les remettez pas à l'instant même. Habillez-

vous, monsieur, vous êtes indécent. Et puis, qu'est-ce
que c'est encore que toute cette batterie de cuisine?

Trois bouillottes d'inégales grandeurs s'alignaient,
ronronnaient doucement dans les cendres de la cheminée. Du doigt, Lahrier en souleva les couvercles.

— De l'eau chaude!

— Laissez ça! C'est pour me faire la barbe.

— Du lait! du chocolat!

— C'est pour mon déjeuner. Laissez ça! mais laissez
donc ça, nom d'un tonneau! Bon! voilà qu'il éteint
le feu avec mon lait! Hein? quoi? qu'est-ce que vous
allez faire? Mon chocolat dans le bain de pied, à
présent?... Ah! le vilain homme! mon Dieu, le vilain
homme!

Éperdu, il s'était dressé dans la cuvette, et ses
maigres mains maudissaient. Letondu, solennel, criait
à travers la muraille :

— Honneur aux hommes de grand âge! Je tire mon
chapeau à Homère, en la personne de M. Soupe,
vénérable et digne...

Le reste, — et ce fut bien dommage, — se perdit,
car Lahrier, en dépit des protestations de Soupe qui
le sommait de fermer la croisée, l'ouvrait au contraire,
et l'écartait toute grande sur le fracas que semait par
l'espace le passage d'un camion chargé de charpentes
de fer.

Indistinctement, par bribes, dans l'assourdissement
de ce tonnerre rebondi et secoué aux pavés de la rue,
on perçut les clameurs affolées du pauvre homme :

— ...mez la fenêtre! ...mez la fenêtre! ...mez donc
la fenêtre... vous dis...; me ferez prendre du mal, cré
mâtin!

Lahrier, cœur de roche, demandait :

— Qu'est-ce que ça peut me faire, à moi? Je n'ai
pas envie d'attraper le choléra.

— Quelle société! gémit Soupe. Je me plaindrai au
Directeur.

Du coup, le jeune homme s'emballa :

— Vous dites?

L'autre ânonna :

— Je dis... je dis... je dis...

Il disait... il disait... En fait, il ne disait plus rien du tout, épouvanté déjà d'en avoir dit si long. A grands coups de serviette il se séchait les chevilles, puis enfilait précipitamment ses chaussettes, cependant que l'amant de Gabrielle, les bras jetés sur la poitrine et jouant à s'y méprendre la comédie de l'indignation, braillait :

— A-t-on idée de ça? Un vieux rossard qui prend le bureau pour un établissement de bains, et qui parle de s'aller plaindre au Directeur? Au Directeur?... Eh bien, allez-y! Chiche! Ça y est! Au surplus si vous n'y allez pas, c'est moi-même qui vais y descendre.

— Vous?

— Oui, moi!

Rongé d'inquiétude, Soupe jugea à propos de faire le malin, et il ricana :

— Ah! la la!

— Ah! la la? fit Lahrier. Du diable si je n'y vais de ce pas!

Il feignait de chercher son chapeau :

— Où est mon tube?... et nous allons voir un petit peu si vous avez le droit, oui ou non, de vous mettre tout nu devant moi!... dans un but que je ne veux pas connaître.

— Oh! dit le père Soupe, scandalisé. Oh! oh! oh!

— Parfaitement! C'est que je vous connais, moi, et pas de ce matin, bien sûr!... Oh! vous pouvez rouler les yeux, ce n'est pas ça qui me fera changer d'appréciation. — Au Directeur!... au Directeur!... Je serais curieux de savoir ce que vous irez lui conter, au Directeur. L'emploi de votre temps, peut-être? En vérité, je vous le conseille!... Comme si vous ne devriez pas avoir honte de vous faire flanquer quatre mille balles pour ne rien fiche, que rigoler tout bas et que ronfler tout haut depuis le jour de l'an jusqu'à la Saint-Sylvestre, pendant que les copains triment à votre place. C'est de l'argent volé, seulement!

— Volé!

— Certainement, volé!

Soupe bondit :

— J'ai trente-sept années de service!

— C'est bien ce que je vous reproche, répliqua

Lahrier. Vous venez de vous juger vous-même.

Dans les intervalles de silence, on entendait le tic-tac régulier d'un coucou battant les secondes en un coin obscur de la pièce. Et juste comme le vieux allait ouvrir la bouche, l'oiseau chanta la demie de midi, ce qui détermina Lahrier à en finir.

— Voilà sept ans que vous avez droit à la retraite! sept ans que vous vous obstinez à ne pas la prendre! sept ans, enfin, que vous grevez de quatre mille francs le budget du chapitre Ier pour un service qui en vaut douze cents comme un liard et dont vous ne vous acquittez même pas! C'est un écart de deux mille huit cents francs, neuf augmentations régulières au préjudice de vos collègues, que vous mettez tranquillement dans votre poche. Eh! bien, moi, je vous dis ceci : l'homme qui n'a pas le cœur de déposer sa chique quand le moment en est venu, et de céder sa place aux autres, est un égoïste et un lâche! L'homme qui, sciemment, froidement, accepte la rétribution de fonctions qu'il n'a pas remplies, est un mendiant de la plus basse espèce, un mendiant qui devient un voleur, — je ne sais si je me fais bien comprendre, — le jour où il pousse l'infamie jusqu'à s'engraisser comme un porc du légitime salaire des autres!

— Je m'en vais, s'écria le père Soupe, je m'en vais! Oui, j'aime encore mieux m'en aller qu'entendre de pareils discours!

— C'est ça, dit Lahrier, cavalez! je vous ai assez vu, mon bon. Tenez, voilà votre chapeau.

Lui-même, il le coiffa.

— Au plaisir de vous revoir.

Et du doigt, sans brutalité, il le poussa de l'autre côté de la porte qu'il ramena sur soi aussitôt. Un instant on entendit Soupe fourgonner dans la nuit profonde du corridor, geindre, frotter des allumettes chimiques, à la recherche de ses chaussures. Enfin il gagna l'escalier ou s'éteignit son pas de martyr.

Sur quoi, ayant sonné le garçon de bureau :

— Ovide, dit Lahrier, c'est dégoûtant ici; un coup de balai, s'il vous plaît, et videz-moi donc cette cuvette.

II

Ayant expédié le père Soupe, le jeune homme se mit en devoir d'expédier des choses plus sérieuses, mais ayant expédié d'une traite, au point d'en avoir le poignet ankylosé de courbatures, une demi-douzaine d'affaires qui étaient l'arrivée du jour, il perdit soudainement patience, à voir comme son amoureuse apportait de l'empressement à venir le retrouver.

— Quelle dinde!... Je parie qu'elle n'a pas osé venir.

Et sa belle ardeur de travail tranchée comme avec une faux, il jugea avoir bien gagné le droit à la récréation.

— Tiens!... Si j'allais jeter un coup d'œil à mon parc.

Son parc, c'était celui de Jenny l'Ouvrière : deux étroites caisses flanquant extérieurement les chambranles de la mansarde qui était son humble bureau, et dans lesquelles, sitôt les primes tiédeurs de mars, il semait le volubilis traditionnel et le classique haricot d'Espagne. Car il avait, ainsi que tout vrai Parisien, la passion ingénue et émue de la verdure.

Il enjamba la fenêtre.

La gouttière qui le reçut avait la largeur d'un chemin de ronde.

Penché sur l'une de ses caisses il commençait d'en effriter la terre, d'un doigt léger qui découvrait pour les recouvrir aussitôt les énormes haricots aux robes d'évêques tachetées d'ébène luisante, quand, de l'intérieur du bureau, une voix jeune et qui riait le héla :

— Tiens! tu es perché, bel oiseau?

Il se retourna.

— Gabrielle!

Mon Dieu, oui, c'était Gabrielle; et avec elle l'immense allégresse du renouveau nichée aux plis du damier blanc et noir qui moulait ses bras et sa taille. Une grappe de lilas la coiffait, et elle se moquait, le nez haut, disant :

— Descends donc, bêta; tu vas te jeter à la rue.

Que de grâce, et que de jeunesse!

Lahrier en demeura ébloui, immobilisé un instant et bouchant le jour, de son corps.

Un saut et il fut à elle.

— Ce chat!... En voilà une surprise!... Je ne t'attendais plus, ma foi!

Ses mains terreuses ramenées derrière son dos, crainte de tacher la belle robe, il baisa l'une après l'autre les joues que lui tendait son amie à travers le tissu léger de la voilette. Il sut alors que la jeune femme avait profité du hasard qui l'appelait sur la rive gauche pour aller jusqu'au Bon Marché où c'était jour de coupons.

— Et dame! une fois là... Tu sais ce que c'est, n'est-ce pas?

— Mais oui, mais oui.

Il ne lui en voulait plus, mais plus du tout, en vérité, tant il s'épanouissait de la tenir après avoir désespéré d'elle.

— Que tu es mignonne d'être venue!... Assieds-toi donc.

Et il lui avançait une chaise, qu'elle refusa.

S'asseoir!... De son activité turbulente de petit chien, elle emplissait le bureau, au contraire; follement amusée, et galopant d'un mur à l'autre avec de brusques et admiratifs temps d'arrêt devant les rangées superposées de cartons verts, dont on l'entendait épeler à demi voix les minces fiches indicatrices :

— Tarn-et-Garonne... Meurthe-et-Moselle... Ille-et-Vilaine... Lot... Calvados...

La découverte imprévue du coucou la jeta à des transports de joie.

— Il y a une pendule! cria-t-elle.

Lahrier souriait.

— Sans doute, fit-il. Oh, nous ne manquons de rien, ici.

— C'est très gentil, déclara Gabrielle qui admirait de bonne foi. Et dis, Toto, à quoi ça sert-il, tout cela?

Toto, qui se lavait les mains et dont les doigts arrachés aux tiraillements de la serviette, apparaissaient un à un en roseurs délicates de cire, répondit :

— A rien du tout...

Cela fut si simplement dit, avec un tel accent de conviction tranquille, exempte de pose et de paradoxe, que la jeune femme éclata de rire.

— Tu es gosse!...

Il protesta :

— Gosse!... Tu te figures que je plaisante?

Gabrielle avoua qu'en effet elle l'en croyait bien capable, et tandis qu'il se récriait, se disculpait hautement du péché de malice, elle avait de petites moues entendues, le geste discret de ses doigts ramenait à de justes proportions les affirmations bruyantes de l'employé s'exténuant à répéter :

— A rien! A rien du tout, je te jure!

L'idée de tant d'encre perdue, de tant de beau papier noirci en pure perte, dépassait sa compréhension; ses instincts de petite bourgeoise bien ordonnée s'insurgeaient, et criaient en elle : « Ce n'est pas vrai! »

Elle demanda :

— Enfin quoi? Tu ne me feras pas croire qu'on vous paie uniquement pour que vous vous tourniez les pouces?

— Plût à Dieu! riposta le jeune homme qui greffa sur ce point de départ un pittoresque démonté du mécanisme administratif.

Il avait, quand il s'y mettait, la verve facile et féroce.

Cinq minutes, il ne tarit pas, la présence de son amie éveillant en lui des coquetteries de jeune coq qui parade devant la poulette favorite. Sa recherche à se montrer spirituel l'amenait à l'être tout de bon, et une pointe de canaillerie faubourienne pimentait insensiblement l'amusement de ce qu'il disait.

— Tu vas voir, c'est très curieux. Les uns (ce sont les rédacteurs) rédigent des lettres qui ne signifient rien ; et les autres (ce sont les expéditionnaires) les recopient. Là-dessus, arrivent les commis d'ordre, lesquels timbrent de bleu les pièces du dossier, enregistrent les expéditions, et envoient le tout à des gens qui n'en lisent pas le premier mot. Voilà. Le personnel des bureaux coûte plusieurs centaines de millions à l'État.

— C'est pour rien, fit Gabrielle.

Il appuya :

— Pour rien. Et ça a le précieux avantage d'enrayer la marche d'affaires qui iraient toutes seules sans cela.

Puis (Gabrielle, point convaincue, persistant à hocher la tête d'un air d'incrédulité, proclamant à la fois le rôle considérable des grandes administrations et la sélection des intelligences chargées de les représenter), il se récria, affecta un empressement démesuré à abonder dans ces vues :

— Comment donc !... Sélection ? Je te crois !

Et pour bien établir qu'il ne se moquait point, il se lança dans des imitations, d'ailleurs exquises de finesse et d'observation maligne, du père Soupe, de Letondu, du sous-chef Van der Hogen et de M. de La Hourmerie, dont il singea jusqu'à la perfection la solennité pleine de tics. A la fin, aux rires fous de la jeune femme qui était là comme au spectacle, il imita le Directeur lui-même et donna la représentation d'une réception de jour de l'an.

Ce fut délicieux.

Les reins à la cheminée, la boutonnière parée d'un pain à cacheter rouge destiné à compléter l'illusion, il fut charmant de fausseté onctueuse, de je-m'en-foutisme ému, d'éloquence ronflante et banale.

— « Mes chers collègues..., laissez-moi dire : mes chers amis !... C'est toujours avec un nouveau plaisir, comme disait le roi Louis-Philippe, que je vois groupée autour de moi cette sélection d'intelligences... »

Coup d'œil à Gabrielle.

« ... d'abnégations et de dévouements, en laquelle je résume et dépeins d'un seul mot le personnel de la Direction des Dons et Legs. Quel ingrat ne serais-je pas, en effet, si je ne lui rendais en ce jour l'éclatant hommage que je lui dois? si je ne reconnaissais, — hautement, — la part de collaboration dont je lui suis redevable dans l'accomplissement de la tâche, si difficile et si délicate, qu'a confiée le Chef de l'État à ma modeste initiative?... Mais affirmer, ainsi que je me plais à le faire, la supériorité de vos mérites, c'est affirmer du même coup vos droits à certaines exigences... Ces exigences, mes chers collègues, à Dieu ne plaise que je les blâme. »

— Bravo! Bravo! cria Gabrielle transportée d'admiration.

Lahrier ne sourcilla pas.

Impassible, il reprit :

— « Voilà cinq ans que je préside aux destinées de cette maison; cinq ans que je vous fais espérer, pour des époques toujours prochaines et toujours ajournées, hélas! les augmentations de salaires que vous ne sauriez revendiquer avec trop de légitimité. Cette fois encore, — et pour me décider à cette pénible confession, il faut toute la confiance que j'ai en votre esprit de désintéressement, — je vous accueille les mains vides... J'avais sollicité de la Chambre une augmentation de crédit portant sur le chapitre Ier : vingt mille francs qui m'eussent mis à même d'apaiser dans quelque mesure les justes mécontentements du plus grand nombre d'entre vous; malheureusement la Commission du Budget a conclu au rejet de la proposition. En sorte, mes chers camarades, que j'en dois appeler, une fois de plus, — la dernière! — à cette patience et à cette longanimité dont vous avez déjà donné tant de preuves. Au reste, les temps sont proches!... Un avenir est à nos portes... d'autant plus fécond en surprises, que vous aurez su l'attendre plus longtemps... »

La fenêtre était restée ouverte : un cadre vermoulu de mansardes emprisonnant un jaillissement d'innombrables cheminées. Au loin, par-delà les maisons qui s'enfuyaient à l'infini, le Panthéon et la Sorbonne élevaient leurs dômes disparates : l'un plus lourd, gonflé au-dessus de l'horizon comme la calotte d'un formidable aérostat maintenu immobile sur ses ancres, l'autre plus frivole, fanfreluché de clochetons et pareil au casque hérissé d'une idole hindoue. A l'une des tours de Saint-Sulpice, un rayon de soleil égaré allumait un miroir d'alouette. Trois heures sonnèrent. La splendeur de l'avril battait son plein au-dessus de Paris.

Gabrielle, le dos au jour, s'était renversée dans sa chaise, la pointe vernie et finement piquée de son soulier avancée un tout petit peu, hors de la jupe. Appareillée à sa toilette, son ombrelle lui barrait les genoux : un rien du tout de foulard quadrillé, dont une satinette mauve cravatait le manche interminable avec des airs de gros papillon au repos. Et l'étonnement de Lahrier était de la trouver si blonde!... mais si blonde, vraiment; si blonde!... Jamais il n'eût supposé avoir une maîtresse aussi blonde! Sa nuque était devenue de miel, dans le flot de beau temps qui la baignait. Il fut ravi de sa découverte et il se dit que le printemps est, à Paris, plein de clémence; qu'il ne fleurit pas seulement aux maigres branches des platanes et aux bourgeons empoissés des tilleuls, mais aussi aux cheveux des jeunes femmes, et à leurs joues, et à leurs lèvres, et à leurs bouts de nez, qu'écrase imperceptiblement le nuage des voilettes blanches.

— Non, vrai, Gabrielle; déclara-t-il tout à coup, c'est épatant ce que tu es chic, aujourd'hui.

— Est-ce que tu n'es pas un peu fou? demanda Gabrielle qui riait, ne l'ayant jamais vu si tendre.

Elle lui avait abandonné ses mains, qu'il baisait avec une belle fougue. C'était deux toutes petites pattes, aux ongles légèrement saillis sous la peau tendue des gants. Ceux-ci, blonds aussi, se brisaient aux poignets, en un double bracelet de petites couleuvres engourdies, puis empiétaient sur les manches, à mi-bras, gonflés de chair robuste et jeune. René Lahrier, très éveillé, baisa et mordilla longuement l'un après l'autre les petits doigts, point trop indignés, de son amie. Cependant, un moment vint où il dut aller un peu loin, car la jeune

femme, soudain, fut debout, et, avec cette sévérité qui
à la fois rappelle à l'ordre et se tient à quatre pour
garder son sérieux :

— Non, pardon! ne t'emporte pas!... Un peu de
calme, s'il te plaît.

Mais lui, objecta : « Gabrielle!... » si doucement,
si gentiment, qu'elle dut désarmer, vaincue, conquise à l'infini de câlinerie puérile dont ce simple
mot débordait. Ils se baisèrent aux lèvres, sans bruit,
entre leurs mains qui s'étaient jointes, paume à paume
et les ongles hauts.

— Chéri!
— Chérie!

Les mots ne furent pas, ou furent si peu...! La
confusion de deux souffles, rien de plus...

Devant l'avidité gloutonne de la bouche qui pressait
la sienne, Gabrielle, pourtant, avait fui. Le buste
en arrière maintenant, les cuisses coupées à l'arête
vive de la table dont la dureté la blessait à travers
l'empesé de ses jupes, elle tâchait à se dérober, charmée
et affreusement inquiète, sans force pour ravir ses
dents au baiser de ce gentil garçon qu'elle sentait, si
vivant contre elle, la respirer comme une fleur, et
défaillante à l'idée que quelqu'un pouvait entrer.

— Mais oui je t'aime!... mais oui je t'aime. Tu
le sais bien.

Et aussitôt :

— Prends garde, mon Dieu!... Prends bien garde!

Par-dessus l'épaule du jeune homme, ses yeux
mi-clos allaient aux lointains de la pièce, en fixaient
anxieusement la porte, avec la crainte évidente de la
voir brusquement s'ouvrir...

Et elle s'ouvrit, et le chef de bureau apparut,
M. de La Hourmerie lui-même, dont avait fait dresser
l'oreille une discrète allusion de Chavarax à l'esprit
de noble indépendance de son camarade Lahrier : « Un
charmant être, adoré des femmes, et incapable de
sacrifier à la stupidité de certains règlements les saines
traditions de la galanterie française ». Et allez donc!
Tout Chavarax tenait dans ce mot; toute la subtilité
assassine de ce gros garçon aux yeux pâles, dont

encadrait la face un collier de duvet mou, évoquant,
sans qu'on sût précisément pourquoi, une idée de
vague obscénité. Là était sa spécialité : le fraternel coup
de main donné à un ami et qui est le coup de pied
destiné à lui casser les tibias, l'art délicat de vous passer
à la fois la main dans le dos et le croc-en-jambe.

De l'un il disait :

— Chaudavoine? Bien intelligent, ce gaillard-là,
et étonnant pour tourner le vers. Sa chanson sur
le Directeur, qu'il a composée l'autre jour, est un
chef-d'œuvre de moquerie fine et de drôlerie mali-
cieuse.

De l'autre :

— Ce n'est pas la faute à de l'Ampérière si son
père doit tout à l'Empire. Et on vient lui reprocher,
à lui, de faire de l'opposition? Est-ce bête!... Ce
n'est pas de l'opposition, ça; c'est de la reconnaissance.

D'un troisième :

— Mousseret est animé d'un zèle non douteux et
son intelligence hors ligne le désigne pour un poste
élevé. Il est fâcheux que sa pauvre santé le tienne
absent de son travail les trois quarts du temps...
au moins.

De celui-ci :

— Hernecourt a derrière lui dix ans de services
méconnus. Si on lui eût rendu justice avec plus d'impar-
tialité, il n'en serait pas venu à chercher dans l'alcool
la consolation de ses déboires.

De celui-là :

— Bêtise n'est pas vice. Ce n'est pas une raison
parce que Tabourieux est hors d'état de faire jamais
autre chose pour le laisser expéditionnaire jusqu'à
la fin de ses jours.

Et ainsi de suite.

Simplement, sans se soucier de la main charitable qui ne manquerait pas de les ramasser, il semait
ces perles sur sa route, le long des murs percés d'invi-
sibles oreilles. Qu'elles dussent arriver à destination
à peu près aussi sûrement qu'une lettre jetée à la poste
il n'eût eu garde de se le demander, car il répugnait,

de bonne foi, aux besognes sales, et tenait à l'étrange compromis de conscience qui laissait en paix ses scrupules. Depuis son arrivée à la Direction il avait procédé ainsi et s'en était trouvé au mieux.

Édifié d'un coup d'œil, M. de La Hourmerie ne se répandit pas en lamentations stériles. L'égal en laconisme éloquent de son garçon de bureau Ovide, il dit simplement : « A merveille! », ramena discrètement la porte, et, d'une traite, fut chez le Directeur.

III

La cigarette jaillie des dessous de la moustache et les cuisses baignées de pénombre, celui-ci semait des signatures, pour ampliations conformes, au bas d'arrêtés ministériels. De sa dextre bien soignée il les étendait, griffes d'empereur, sur la demi-largeur du papier, puis, immédiatement, les séchait, le bloc-buvard secoué, en sa main gauche, du tangage précipité d'un petit bateau qui va sur l'eau.

Le chef entra, vint droit à lui, s'arc-bouta de ses doigts aux minces filets de cuivre qui cerclaient l'acajou de la table, et posa cette question bien simple :

— Je viens savoir de vous, monsieur, si la Direction des Dons et Legs est une administration de l'État ou une maison de tolérance.

M. Nègre, — l'étonnement avait immobilisé net le double mouvement de ses mains, — répondit :

— Qu'est-ce qui vous prend? En voilà une drôle de question!

— Il me prend, répliqua M. de La Hourmerie, que M. René Lahrier reçoit des femmes dans son bureau, que je viens de le pincer sur le fait, que j'ai depuis longtemps contre cet employé de graves sujets de mécontentements, qu'à la fin la mesure est pleine et que l'un de nous deux, — j'en donne ma parole d'honneur

— aura cessé d'émarger au budget avant la fin de la journée.

Il n'y allait pas par quatre chemins. Il posait la question de cabinet, rien de plus. Or M. Nègre, avec son petit air doux, était un monsieur très carré; on ne la lui faisait que s'il le voulait bien, et, capable d'acheter d'une livre de sa chair la sauvegarde de sa tranquillité, il avait des révoltes de mouton enragé le jour où une main téméraire tentait de la venir pourchasser jusqu'en ses derniers retranchements.

— Vous voulez vous en aller? dit-il froidement au chef des Legs; eh! bien, mon cher, allez-vous-en, que voulez-vous que je vous dise?

Ceci coupa la glotte à de La Hourmerie, qui, s'étant attendu à tout excepté à ce qui arrivait, ne trouva qu'un amer sourire et qu'un lent élevé de ses cils vers le ciel. Il murmura : « Délicieux », et comme ses émois, volontiers, avaient l'ironie classique :

— *Hic sunt praemia laudi*, fit-il. J'aurai donné à cette maison les trente plus belles années de ma vie pour en venir à ce résultat de me faire dire : « Prenez la porte ».

— Pardon! rectifia M. Nègre; je ne vous dis pas : « Prenez la porte », je vous dis : « Vous pouvez la prendre ». Ce n'est pas du tout la même chose. Quant à vos allusions discrètes à la façon dont vos mérites auraient été récompensés, je vous ferai humblement remarquer que vous avez huit mille francs d'appointements et la croix de la Légion d'honneur. Disons des choses sérieuses, n'est-ce pas; soyons justes avec la vie et n'usons de la mise en demeure qu'avec une extrême réserve, car il est de ces caractères qui ne sauraient s'en accommoder. — Voilà.

Ainsi parla le Directeur qui, dans le même temps, changea de ton et de visage. On ne saurait assez dire, vraiment, à quel point c'était un homme sans méchanceté. Pris de remords devant le faciès effaré de M. de La Hourmerie, il s'adoucit, comme la veille; toute sa mauvaise humeur tomba, glissée à la gouaillerie d'une amicale querelle.

— Vous me terrifiez, aussi, avec vos demandes

de renvoi. Hier, c'était M. Letondu; aujourd'hui, c'est M. Lahrier; quelle est cette fièvre d'expulsion? Je ne veux renvoyer personne, cher ami; M. Lahrier moins que tout autre; mettez-vous bien ça dans la tête. Lahrier est, de toute cette maison (avec vous, naturellement), celui auquel je tiens le plus. Songez donc qu'au bout de cinq ans j'en suis à attendre de lui l'ombre d'une revendication, l'exposé du moindre grief!... Il viendrait me dire : « J'ai droit à une augmentation, on ne me la donne pas, je la réclame », je n'aurais qu'à lui tirer mon chapeau, c'est bien simple; car enfin voilà des siècles qu'il devrait être rédacteur!... Mais non, c'est une fleur, ce garçon; humble, il se complaît en son ombre comme une violette en sa mousse; satisfait de sa médiocrité, à ce point soucieux de mon repos qu'il va jusqu'à lui sacrifier ses intérêts personnels!

Au songé d'une telle grandeur d'âme, des pleurs, des pleurs véritables, humectaient son éloquence. Sa gratitude déborda dans un mot, qu'il répéta par deux fois :

— Le pauvre enfant! Le pauvre enfant!

Après quoi :

— Oh! s'exclama-t-il, que ne suis-je poète lyrique! M'accompagnant d'un luth aux cordes bien tendues, en des vers dignes de celui qui me les aurait inspirés, je célébrerais ses mérites, et la noblesse de son cœur, et son fier désintéressement, et ses vertus au-dessus de tout éloge! Pour glorifier son souvenir, que n'ai-je ton art infini, Banville, chantre aimé des dieux! pour porter aux peuplades lointaines son nom cher à ma reconnaissance; que n'ai-je, petit oiseau, tes ailes?... Et cet homme qui, seul entre tous, a respecté ma noire détresse, je l'irais chasser comme un laquais?

— Pourtant...

— Je l'irais flanquer à la porte parce qu'un jour, en son bureau, il a embrassé une femme qui était peut-être sa sœur?

La Hourmerie bondit :

— Sa sœur?... Il ne manquerait plus que ça, par exemple!

Mais, entêté de surdité, le Directeur passa outre.

— Jamais!... N'y comptez pas!... Jamais!

Il le hurla, ce « jamais », les doigts allongés dans le vide, avec l'ample geste tragique d'un conspirateur d'opéra qui jure la mort du tyran. Aussi bien eût-il voulu, homme, consommer une telle félonie, il se fût buté, fonctionnaire, au *veto* de sa conscience lui rappelant qu'il avait des devoirs, dont le premier était de conserver à l'État un serviteur dévoué et assidu, et cet argument qu'il lâcha avec une calme impudeur eut pour effet de soulever, chez M. de La Hourmerie, des bouillonnements de bon sens suffoqué. M. Nègre, jouant l'étonnement, reprit le thème et le développa; de La Hourmerie, hors de lui, riposta en clameurs stridentes de jeune cochon qu'on égorge.

— Dévoué! Assidu!... Qui donc? C'est pour Lahrier que vous dites ça?

— Dame!

— Ah bien, elle est un peu raide!... Un employé qui ne vient jamais!

— Mais si.

— ... ou qui vient à deux heures, les jours où il daigne venir!

— Mais non.

— A deux heures, je vous dis.

— A deux heures?

— Quand ce n'est pas à trois.

— Et après?

— Comment, et après?

— Oui, après? Son service est au courant, n'est-ce pas?

Un temps savamment observé :

— Parbleu! dit de La Hourmerie, il le fait faire par un autre.

Il ricana, ayant gardé le trait pour la fin, et dans un malin clignement d'œil qui rendait un hommage discret à sa finesse, il se révéla enchanté, très fier d'avoir trouvé ça. Malheureusement M. Nègre n'était pas homme à capituler pour si peu. Avec une souplesse d'acrobate qui enfourche au passage une pouliche échappée, il saisit le mot à la crinière, s'enleva dessus, d'un coup de jarret, hop!

— Par un autre?... Eh! pardieu, c'est bien ce qui fait de lui le plus précieux de nos employés!... Comment, vous ne comprenez pas ça? Cette évidence vous échappe, que, tenant d'autant plus à sa place qu'il a moins de peine à la remplir, il fera tout pour la garder par cela seul qu'il fait tout pour la perdre?... que l'excessif même de ses torts nous est le garant assuré des prodiges qu'il accomplira pour acheter leur impunité, et que plus il mettra d'opiniâtreté à ne pas s'acquitter de sa tâche, plus il déploiera d'énergie à s'en décharger sur les autres et à stimuler leur ardeur?... Raisonnons. Lahrier gagne ici deux mille quatre cents francs par an, qui lui coûtent juste, en gros et en détail, la peine de se baisser pour les prendre : de l'argent trouvé, autant dire. Et cet argent, il irait, l'insensé, s'exposer bêtement à le perdre? Allons donc! L'invraisemblance d'une telle hypothèse crèverait les yeux à un enfant de dix-huit mois, et il faut, pour que vous-même vous n'en soyez pas aveuglé, qu'un furieux amour vous possède, du sophisme et du paradoxe.

— Paradoxe! fit l'autre; paradoxe!... Je fais du paradoxe, moi?

C'en était trop. Il était dépassé. D'un grand geste désespéré il abandonna la partie, s'en tenant dès lors à d'ironiques petits rires où ses nerfs tâchaient à se détendre, tandis que M. Nègre, implacable, poursuivait, répétait : « Eh oui!... vous en faites comme M. Jourdain faisait de la prose : sans le savoir. Que voulez-vous? vous êtes une nature compliquée. » Il clôtura la discussion d'un « Fort bien » qui puait le fiel à plein nez, et il gagna la sortie sans reparler autrement de démissionner, d'ailleurs. Toutefois, la main sur le bouton de la porte :

— Je m'incline devant une volonté supérieure, mais de cet instant, déclara-t-il avec une solennité âpre, tout est fini entre M. Lahrier et moi. Cet employé me devient un étranger et je m'en désintéresse complè-

tement, avec le seul espoir qu'il poussera la bonne
grâce jusqu'à ne pas préférer mon cabinet au sien
pour y consommer ses turpitudes et y donner de
galants rendez-vous. C'est tout ce que j'exige de lui.
A cette restriction près, il fera précisément tout ce qui
lui conviendra de faire : je le dispense de toute obéissance, de toute présence et de tout travail. Puisse
l'État n'avoir pas à payer trop chèrement les conséquences d'une situation que je n'ai point créée et dont
ne saurait m'incomber la responsabilité pesante. —
Je suis votre humble serviteur.

CINQUIÈME TABLEAU

I

Un mois passa, au cours duquel le détraquement de Letondu ne fit que croître et embellir.

Letondu, à vrai dire, venait encore à l'Administration; il y venait même régulièrement. Mais, arrivé à l'heure précise, il s'enfermait en son bureau, s'y verrouillait à double tour et y demeurait de longues heures sans que l'on pût savoir ce qu'il y fabriquait. Des collègues l'ayant mouchardé par le cercle élargi du trou de la serrure, donnaient de vagues éclaircissements : les uns disaient l'avoir vu immobile, les jambes en branches de compas, plongé dans la contemplation d'un vieux planisphère en loques qui décorait lugubrement une des murailles de sa pièce; d'autres l'auraient surpris exécutant dans la diagonale du bureau des allées et venues de bête en cage, les mains aux reins, et *déchaussé!*... En fait, on ne savait pas grand-chose. De temps à autre, simplement, des éclats de voix filtraient à travers la cloison : des soliloques où grondaient des colères, des paroles de revanche, de tragiques représailles, d'aubes prochaines qui saignaient déjà à l'horizon en roseurs de bon augure. C'était ensuite, pendant des temps interminables, le silence à l'affreux cortège, semeur d'anxiétés, troubleur d'âmes, qui fait apparaître les gens sur le seuil des portes entrouvertes et se questionner de loin, à

la muette, avec des regards qui implorent et des fronts
qu'embrume le souci d'une préoccupation commune.
Dans tous les yeux, la même interrogation : « Qu'est-
ce qu'il fait ?... Qu'est-ce qu'il peut faire ?... Est-ce que,
par hasard, il serait mort ? » Et quelquefois, à la joie
sans bornes d'Ovide, le soir bleu tombait, puis la nuit,
sans que le mystérieux attardé sonnât pour avoir une
lampe !... Il avait d'ailleurs renoncé à reconnaître qui
que ce fût. Plus une parole à personne, un souhait de
bonjour, rien du tout. Sous des sourcils aussi larges
que des pouces, il roulait des yeux de fauve traqué ;
derrière ce front haut de deux doigts, où la brosse rase
des cheveux descendait en pointe d'écusson, le génie
de la persécution développait ses âpres germes.

Si un Inconnu ténébreux enveloppait sa vie privée,
cela est superflu à dire !...

Les probabilités cependant, — tant, quelquefois,
il arrivait pitoyable au bureau, le teint boueux, la cra-
vate lâche, le faux col en accordéon, — étaient qu'il
employait ses nuits à errer au hasard des rues, sous les
clairs de lune ou les pluies ; et tout cela ne laissait pas
que de semer quelque inquiétude en les âmes de ces
messieurs, en celle, surtout, de M. de La Hourmerie,
dont le nom mettait à revenir dans les discours de
Letondu une obstination regrettable.

Or, vers le milieu du mois de mai, ce sinistre énergumène puisa dans les lobes distendus de son cerveau
deux ou trois petites conceptions d'une réjouissante
insanité.

Échafaudée tant bien que mal sur de vagues souvenirs de collège, sa hantise de l'antiquité avait atteint
au paroxysme, si bien que, lâché à toutes brides dans
une mêlée inextricable de guerriers et de philosophes,
les prenant les uns pour les autres, exaltant indifféremment le caractère de Régulus et celui de Caligula,
confondant Mithridate avec Sardanapale, Thémistocle
avec Télémaque, Lycurgue avec Laocoon, il résolut
enfin d'imiter ces grands hommes, de régler sa vie sur
les leurs et d'égaler leurs vertus par les siennes. Il
imagina donc d'organiser à son usage particulier des
jeux renouvelés de l'antique, car il pensait avec Virgile

qu'une âme saine veut un corps valide, et il arriva, un matin, une roue de wagonnet sous le bras, dont il se mit à se servir comme fait d'un disque un discobole.

Huit jours durant, ce ne fut plus tenable. Projetée à toute volée d'une extrémité à l'autre de la pièce, la lourde masse de fer en venait heurter la porte, qu'elle défonçait peu à peu, cependant que la Direction vivait dans un bombardement et que, derrière ses vitres ébranlées, sursautait le concierge lui-même, le mélancolique Boudin, ramené aux plus mauvais jours du siège de Paris par ce grondement de canonnade lointaine. Personnage impressionnable, au teint blême de cardiaque, que la vision incessante de la mort poursuivait à travers la vie, il s'en lamentait *in petto*, et volontiers allait épancher ses angoisses dans le sein d'un bistrot de la rue Chanaleille dont il était le fidèle client; mais ce détail n'était point fait pour calmer la généreuse fièvre de Letondu. Bien mieux, quand il eut amené ses biceps à la dureté de la fonte, il acheta un clairon, Letondu, et il se mit à en jouer, arrachant de force à l'instrument des sons rauques abominables, qui emplissaient les corridors en meuglements de mastodonte égorgé : ceci pour donner de la souplesse à ses poumons qui en manquaient !...

Jusqu'alors il n'avait été que surprenant : il devint extraordinaire le jour où, marchant sur les traces des athlètes lacédémoniens, qui s'oignaient d'huiles parfumées, il inventa de se badigeonner, depuis les pieds jusqu'à la tête, avec de l'huile de foie de morue.

Enfin il eut l'âme de Platon !...

Il en conçut le légitime orgueil d'un monsieur qui a su, par sa persévérance, son opiniâtreté au-dessus de tout éloge, atteindre le but qu'il a laborieusement visé, et il résolut aussitôt d'humilier l'Administration, en donnant désormais une somme de travail grotesquement disproportionnée avec la somme d'argent qui en était le salaire.

De cet instant, le personnel put retourner à ses chères études ou aller taquiner le goujon sur les riants rivages de la Seine : on cessa d'avoir besoin de lui.

Letondu !... et cela suffisait.

Lui seul!... et c'était assez.

Il entrait dans les bureaux, raflait la besogne sur les tables, enlevait aux mains des expéditionnaires hasardant de timides « Permettez... » des dossiers volumineux, et emportait le tout sous son bras sans un mot d'explication.

Voilà.

C'était plutôt simple. Seulement, l'économie administrative y laissait les yeux de la tête. Rien ou à peu près ne survivait du beau fonctionnement d'une maison sagement ordonnée naguère, tombée depuis entre des mains furieuses, et devenue comparable à ces horloges détraquées dont s'immobilisent les rouages autour d'un cylindre affolé qui tourne, tourne, tourne sans cesse, atteint de rotation frénétique. Avec ça, un symptôme plus grave à lui seul que l'ensemble de tous les autres attestait l'écroulement final de cette intelligence sombrée; l'écriture du pauvre garçon allait s'altérant de jour en jour!... Ce n'était plus l'irréprochable alternance des *pleins* dodus et des maigres *déliés*, — orgueil défunt de M. de La Hourmerie, — mais une furibonde mêlée de jambages galopant les uns après les autres, sans art, sans chic, sans éclat, où se lisait à livre ouvert la hâte d'en avoir terminé avec une tâche fastidieuse et le désintéressement d'un esprit que hantent de secrets desseins. Au cours d'une expédition souvent écourtée de moitié, il arrivait que des phrases entières se faisaient remarquer par leur absence, d'autres privées de leurs incidentes (restées en route, celles-ci, évaporées en la mémoire du copieur au même instant qu'absorbées), semblaient de distraites personnes venues au bal sans faux cols, — sans parler de celles, plus étranges encore, qui étaient vêtues en chienlits et parlaient de trente-six choses à la fois : du legs un tel et de la mort de Sénèque; de la loi sur les successions et de l'énergie d'Arria qui se plongea un couteau dans le sein en criant : « *Paete, non dolet !* »

— Patience! pensait René Lahrier naturellement enclin à prendre gaiement les choses; nous n'avons pas vu le plus beau. Un de ces jours nous allons bien rire.

Il ne se trompait pas.

Un jour vint où M. de La Hourmerie lassé de se ronger les poings dans le silence du cabinet et de se faire en vain des cheveux blancs devant les ruines de son service, demanda à son désespoir, qui le lui fournit, l'audace d'aller reprendre son bien au redoutable Letondu. Profitant de ce que, dans un projet de décret relatif au legs Quibolle dont on était parvenu tant bien que mal à reconstituer le dossier, celui-ci avait mis « QUIBOLLE, VICTOR-GRÉGOIRE » au lieu de « QUIBOLLE, GRÉGOIRE-VICTOR »; il grimpa quatre à quatre chez le fou, aspira une longue sifflée d'air, tic qui lui était familier quand surgissait un événement considérable, et se livra à des considérations touchant les fâcheuses conséquences qui eussent pu être le fruit de cet écart de plume. Dans un style agaçant et confitureux, bourré toutefois des bienséances oratoires d'un personnage qui n'est qu'à moitié rassuré, il détailla ces conséquences : la porte ouverte toute grande aux chicanes des collatéraux, les revendications des héritiers Quibolle en restitution de jumelles marines et de chandeliers Louis XIII, l'intervention des tribunaux civils et de la Cour de Cassation, tout un affreux micmac jurisprudentiel à donner la chair de poule.

— Monsieur Letondu, conclut-il, l'expédition n'est pas besogne qu'il convienne de négliger et de traiter par-dessus la jambe. Elle est d'importance, au contraire, elle est d'importance capitale!... Vous voulez, monsieur Letondu, faire plus qu'on ne vous demande et porter sur vos seules épaules le fardeau de toute une maison. Mon Dieu, c'est d'un louable zèle!... je suis le premier à le reconnaître; mais je le blâme si j'y applaudis. Saisissez-vous bien la nuance? L'excès en tout est un défaut, et le mieux, monsieur Letondu, fut toujours l'ennemi du bien. C'est avec ce système-là que, forcé de courir la poste faute de temps, vous en arrivez à ceci, de mettre « Victor-Grégoire » en place de « Grégoire-Victor », ce qui n'est plus la même chose. Vous comprenez, monsieur Letondu!

— Monsieur Letondu vous emm...., répondit Letondu avec une grande simplicité.

Jusqu'ici il avait laissé dire sans broncher, courbé sur un rapport qu'il expédiait d'urgence.

Il lâcha le mot doucement, aimablement presque, redressé du buste, aux trois quarts, et sa dextre aux phalanges velues suspendue au-dessus du papier.

Le chef de bureau fit un bond; mais déjà Letondu était debout, plus blême qu'un linge, à présent, d'une blancheur sur laquelle tranchait le roux ardent de sa moustache. Il fit un pas. Ses lèvres, décomposées, dansaient; la faïence azurée de ses yeux avait pris l'insoutenable éclat d'une lame d'acier au soleil. Le doigt tendu:

— Sortez! fit-il.

— Mais...

— Plus un mot! Sortez, vous dis-je; allons, oust! hors d'ici! quittez ce lieu que vous déshonorez de votre ignoble présence!

Le chef, éperdu, obéit. Sur son importance prud'hommesque de tout à l'heure, ce coup de théâtre inattendu avait opéré instantanément, à la manière d'un acide sur la teinture de tournesol. Jusqu'au soir, de bureau en bureau, il fut colporter la nouvelle:

— Je vous demande pardon, je vous dérange, mais ce qui vient de m'arriver est tellement extraordinaire...

Et sa voix coupée de hoquets, son feu à décliner toute provocation, ses protestations de douceur, d'aménité bien connue, de sociabilité et autres, disaient le trac formidable qui lui étreignait la gorge, son avidité de sympathies, de protections étroitement groupées autour de sa personne menacée et chétive.

— Croyez-vous! hein? hein? Croyez-vous!... Oh! il n'y a plus à s'y tromper: la présence de M. Letondu est un péril pour chacun de nous...

Les employés se grisaient du récit, prodigieusement intéressés. Tombé dans le train-train monotone de ces messieurs, l'événement prenait d'énormes proportions; il emplissait de fièvre la maison, la jetait à l'agitation d'un trou de province qu'a traversé le matin un régiment de cavalerie. Au fond, la perspective d'un chiquage possible entre Letondu et de La Hourmerie déchaînait de sournoises jouissances. C'était comme une lueur de gaieté à l'horizon des mornes journées de bureau.

II

La lucarne du coucou évolua hors de son cadre,
comme sous la poussée d'une chiquenaude, et l'oiseau
se montra un instant, le temps d'exécuter une cour-
bette courtoise en chantant l'heure qu'il était.

— Ho hou, ho hou.

A l'un des bouts de la table qu'il partageait avec
Lahrier, le père Soupe faisait la sieste, renversé en
son fauteuil, les bras ballants d'un égorgé et le nez
pointé vers le ciel. Il avait l'inquiétant dormir, livide
et rigide des vieilles gens, en sorte que Lahrier eû pu
le croire mort, n'eût été l'aigu ronflement chassé par
l'huis béant de sa bouche. Au raclement, qui lui par-
vint sans l'éveiller, d'une des chaînettes de l'horloge
qu'entraînait le poids de son boudin, il s'affirma
vivant. Une salutation d'homme qui éternue amena
son menton en fessier sur les pans dénoués de sa cra-
vate, révélant sa large tonsure, fille des ans, culottée
ainsi que la peau d'âne d'un tambour hors de service,
tandis qu'étranglé en ses sources, le ronflement se
modifiait, traduit maintenant en rumeurs sourdes :
on n'eût su dire au juste quel grabuge de rats empri-
sonnés dans un tuyau d'écoulement et qui s'y battent,
affolés, avec des morceaux de bouchon et des détritus
de carottes.

— Bon Dieu, que cet homme m'agace! soupira

René Lahrier. Que cet homme m'embête, bon Dieu!

Le moment était arrivé où la société du père Soupe lui serait devenue intolérable. Il ne pouvait plus le voir en face, l'abreuvait de mauvais procédés; affectant, par exemple, pour l'avoir contemplé un quart de minute, l'impérieuse obligation de mettre le mouchoir sur la bouche afin de réprimer des nausées. La veille encore il l'avait, sans qu'on sût pourquoi, accusé de sentir le beurre, ce qui avait humilié Soupe au-delà de toute expression et l'avait fait s'exclamer, douloureusement ahuri :

— Le beurre!... Le beurre!... Voilà que je sens le beurre, à présent!...

Un instant, Lahrier fut rêveur. Il balançait, point fixé sur le mode de fumisterie dont il convenait qu'il régalât le sommeil de son collègue (un filet d'eau dans le cou, peut-être, ou mieux, un appel strident d'une trompette de marchand de robinets qu'il avait achetée à la foire aux jambons quelques jours auparavant), quand soudain la vision lui passa par l'esprit, d'une mystification énorme, d'une blague géniale bien faite pour achever de liquéfier l'intellect déjà pas trop solide du père Soupe.

La belle trouvaille!

Il s'en récompensa d'un hochement de tête louangeur, et, pour ne point retarder plus longtemps son plaisir, il feignit être pris du rhume; trois « hum! » sonores tombèrent dans le silence, tels, derrière le rideau baissé, les trois coups de l'avertisseur donnant le signal de la farce.

Le vieux, qui n'avait pas bougé, souleva pesamment ses paupières et amena sur le tousseur les yeux trempés d'humidité d'une alose qui écoute jouer de l'accordéon. Le sommeil l'empêtrait encore, qu'un ébahissement le secouait : Lahrier lui demandait, très gentil, si ce petit somme lui avait été profitable, et la nouveauté d'un tel procédé lui jetait au visage une potée d'eau fraîche. D'abord hébété, il se répandit vite en actions de grâces; très verbeux, tremblant d'émotion au supposé d'une réconciliation dont il avait désespéré. Et, lâché comme un jeune cheval, il se lança dans des éclaircissements :

— Très profitable, vous êtes bien aimable, merci. Ah! c'est que mon sommeil, voyez-vous, c'est la moitié de ma santé; j'ai toujours été comme ça. Je tiens ça de mon père, du reste. Nous sommes d'une famille où l'on dort beaucoup, et...

— Pardon, interrompit Lahrier jouant à merveille la surprise, pourquoi me racontez-vous tout ça? Je m'en fous, moi.

— Eh! tonnerre de Dieu, jura le père Soupe hors de lui, si vous vous en foutez, pour parler votre langage, pourquoi donc me questionnez-vous?

— Je ne vous questionne pas, dit le jeune homme.

— Comment, vous ne me questionnez pas?

— Non, je ne vous questionne pas.

— Vous ne me questionnez pas?... Par exemple, elle est violente!... Vous me demandez : « Ce petit somme vous a-t-il été profitable? » et vous venez prétendre ensuite que vous ne m'avez pas questionné!...

Il en bavait, tant la chose lui paraissait exorbitante; pourtant il eut le souffle coupé à voir l'autre secouer la tête et déclarer :

— Je n'ai pas dit un mot de ça.

Les deux employés se regardèrent. Lahrier demanda:

— Eh! bien... Quand vous resterez là une heure à faire des yeux en as de pique?

— As de pique vous-même, malappris! riposta Soupe, à qui donnait des énergies sa rage d'avoir été déçu dans ses espoirs de raccommodement. Vous m'avez dit : « Ce petit somme... »

— Je ne l'ai pas dit, encore une fois!

— Si, vous l'avez dit.

— Non.

— Si!

— Zut! Vous m'embêtez à la fin! Vraiment on n'a pas idée de ça! Vouloir me persuader que j'ai dit une chose quand je n'ai même pas ouvert la bouche, et me ficher des démentis parce que je rétablis les faits!... Vous avez de la chance d'être une vieille bête, ce qui fait que je vous respecte; sans ça, vous verriez un peu!... Je vous apprendrais les convenances, moi.

Durant ce torrent d'indignation, Soupe pensa :
« J'ai été trop loin ».

— Mon Dieu, ne vous emportez pas, fit-il, la voix
baissée de deux tons. C'est-y drôle qu'on ne puisse
pas discuter avec vous sans que vous vous mettiez en
colère.

— Je n'admets pas, dit Lahrier, qu'on m'insulte.

— Qui songe à vous insulter?

— Et puis vous, pas plus que les autres.

— D'accord. Cependant...

— C'est bien simple, du reste : le premier qui me
manquera d'égards, je le châtierai vertement, sans
distinction d'âge ni de sexe.

Soupe avait un choix d'expressions qui trahissait
ses divers états d'âme et constituait le thermomètre
de son irritabilité. Une contrariété anodine lui arra-
chait des « Saperlipopette » non dépourvus d'une
certaine badinerie; il invoquait le « Tonnerre de Dieu »
si l'on tentait de lasser sa patience, et, seulement dans
les circonstances extrêmes, il proclamait que la mesure
était comble d'un « Corne-diable » retentissant.

Cette fois :

— Saperlipopette! laissez-moi donc placer un mot!
Vous aurez toujours raison si vous êtes tout seul à
parler!... Voyons... Je puis m'être trompé et avoir
entendu une chose pour une autre. Qu'est-ce que vous
m'avez dit au juste?

Alors Lahrier :

— Encore!... Encore!... Est-ce que ça va durer
longtemps? Je vous répète que je n'ai pas soufflé mot,
que je n'ai pas ouvert la bouche... Si vous le faites
exprès, il faut le dire.

A cette réplique, qui tranchait la question, le père
Soupe devint beau à voir.

Deux ou trois fois :

— Je ne suis pas fou, corne-diable!... je jouis de
toutes mes facultés. D'où vient alors, si vous n'avez
rien dit, que j'aie entendu quelque chose?... Ah! il y
a là un mystère qui dépasse ma compréhension...

Ses yeux hagards erraient par le bureau; et, tandis
que Lahrier lâchait négligemment : « Une petite

hallucination ; ça n'a aucune importance », lui, hochait la tête, bouleversé, trouvant que ça en avait, au contraire, et beaucoup, marmottant que c'était mauvais signe et que ces choses-là ne valaient rien à son âge...

Voilà à quoi René Lahrier passait le temps, depuis qu'un dieu débonnaire lui avait créé des loisirs.

III

Ce matin-là, sortant de l'hôtel des *Trois-Boules* où il était descendu :

— Il faut pourtant que cette affaire finisse, se dit le conservateur du musée de Vanne-en-Bresse, successible au legs Quibolle pour une paire de jumelles marines et deux chandeliers Louis XIII.

Il avait quitté Vanne-en-Bresse, quelques écus dans le gousset et déjà, à plusieurs reprises, poursuivi de l'idée fixe de repartir le lendemain muni de ses ampliations, il s'était fait envoyer de l'argent; des mandats de cinquante francs, laborieusement arrachés à l'âpre épargne de la conservatrice.

Celle-ci, pourtant, enfin lassée d'une absence qui s'éternisait, avait en gros et en détail envoyé les trente francs du retour avec signification que les sources étaient taries; d'où, pour le conservateur, l'obligation de réintégrer en toute hâte, sous peine de rester en détresse dans une ville où il ne connaissait pas un chat.

Il partit donc.

Une heureuse combinaison de correspondances le jetant de tramways en tramways, l'amena devant la Direction des Dons et Legs qu'il reconnut à son drapeau.

Quand nous disons qu'il la reconnut...

La vérité nous force à confesser ceci : que, plutôt, il crut la reconnaître, et qu'il battit une bonne
demi-heure les corridors de l'Instruction Publique,
désorienté de plus en plus, se retrouvant de moins
en moins, progressivement étonné, stupéfait, puis
abasourdi qu'aucun garçon de bureau ne semblât
soupçonner l'existence d'un employé supérieur du
nom de « de La Hourmerie ».

Il pensait :

— Ce n'est pas possible!... je prononce mal, pro-
bablement.

Quant il eut compris sa méprise, à un avis placardé
à un mur et qui interdisait aux visiteurs l'accès des
bureaux de « l'Instruction Publique », il sourit.
C'était un homme simple, sans nerfs, malaisément
irritable. Il rebroussa chemin. Revenu devant la loge du
concierge, il en poussa, d'une main discrète, la porte :

— La Direction des Dons et Legs?

Du haut en bas de l'unique croisée ouverte sur
la rue de Grenelle, par où prenait jour la loge du portier,
se tendaient, parallèles et pressées comme les cordes
d'une harpe, un régiment de minces ficelles déjà garnies
de verdures touffues. En sorte que, chassée vers elles
des flancs vernis d'un coupé de maître qui stationnait
devant le porche, la lumière du dehors arrivait en
demi-nuit : une façon de jour d'aquarium où flottaient
des rideaux de lit dans un enfoncement d'alcôve, des
portraits de famille, les ors étincelants d'une pendule
style Empire.

Le casier du personnel occupait tout un pan de
mur, hérissé de lettres et de journaux.

— Je vous demande pardon, répéta, ébloui, le
conservateur du musée de Vanne-en-Bresse. La
Direction des Dons et Legs, s'il vous plaît?

Mais le concierge l'envoya coucher, ou à peu
près. Entre les mains d'un tailleur accroupi derrière ses jarrets et qui le maniait comme un tonton,
ce fonctionnaire était en train d'essayer une tunique
neuve. Il avait gardé sa casquette, laquelle, couleur bleu de Prusse, était plus vaste qu'une roulette
de jeu. De son bras droit, long étendu, on ne voyait

que l'extrémité des doigts lors du bâti grossier de la manche; et, le bras gauche dans le rang, les talons sur la même ligne, il coulait vers une haute glace qui le reflétait jusqu'aux hanches, les regards obliques du monsieur qui va être bien habillé et en tire quelque suffisance.

Sa réponse fut un aboiement :

— ... uaneau.

Il voulait dire : « Rue Vaneau ».

— Plaît-il? fit le conservateur.

Touché et complaisant :

— Ça fait suite à la rue de Bellechasse, la première rue à droite dans la rue de Grenelle, dit le tailleur qui s'était levé et qui hachurait à la craie les reins formidables du concierge. C'est à deux pas d'ici, monsieur.

— Bien obligé.

Le vieillard se remit en route, tourna l'angle de la rue de Grenelle, et ne manqua en aucune façon, — comme cela était à prévoir, — de prendre la Direction des Cultes pour la Direction des Dons et Legs. Il y erra silencieux, quelque temps; finit par se renseigner à un Frère des Écoles chrétiennes qu'il croisa dans un escalier et dont lui inspira confiance la large figure suiffeuse. Le Frère allait rue Oudinot. Il convia à l'accompagner le conservateur du musée de Vanne-en-Bresse, qui se confondait en remerciements.

Le malheur fut qu'aux Dons et Legs une complication devait surgir.

Là, pas de concierge!...

Ces choses-là étaient faites pour lui.

Le conservateur, de la main, ébranla la porte de la loge emplie de la gaieté radieuse et ensoleillée de midi; puis, le courant d'air de la voûte le glaçant jusque dans les moelles, il prit une brusque résolution et s'aventura au hasard, au petit bonheur de ses pas. Une muraille soubassée d'un ton de chocolat et où se succédaient, peints en noir sous la mention « GARDIENS DE BUREAU », une série d'index allongés, l'amena à une sorte de chenil que suffisaient à encombrer une chaise et une table ruisselante d'huile.

De garçon, bien entendu, point!

Par trois fois, l'héritier questionna le vide :

— Personne?...

Tout se taisait.

— Personne? fit-il une fois encore.

Du coup, une porte s'entrouvrit.

— C'est insupportable! déclara sèchement le sous-chef Van der Hogen. Impossible de travailler; on ne s'entend pas!...

Van der Hogen, depuis quelque temps, s'était attelé à une besogne de la plus haute importance. Il avait imaginé de recueillir, en un ouvrage qui ne compterait pas moins de trois cent quatre-vingts volumes, tous les arrêts rendus depuis le commencement du siècle par les Cours d'appel de France.

A la voix de ce considérable individu, qui ne sonna pas moins formidable à son ouïe que, jadis, aux oreilles effarées de la jeune Eve durent sonner les malédictions de l'Eternel, le conservateur du musée de Vanne-en-Bresse se sentit glacé jusqu'aux moelles. Pris d'un taf énorme de gamin qui a cassé une potiche, il n'insista pas : il fila; s'enfuit au hasard d'une course silencieuse et précipitée, et pareil à un pauvre diable de petit lapin détalant parmi les luzernes, la queue salée d'un coup de fusil.

Quelle soûleur!

Une galerie s'offrait, aperçue en sa perspective interminable au-dessus des panneaux de chêne d'une haute porte vitrée.

Il y engouffra son émoi, et le soupir soulagé qu'il poussa, à en entendre, dans son dos, la porte retomber violemment!...

Parallèle à la rue Vaneau, cette galerie arrêtait, sur toute sa largeur, l'aile centrale de la Direction. C'était une façon de trait d'union reliant les différents services avec la Comptabilité, reléguée, celle-ci, en paria, à l'autre bout de la maison, sans qu'il fût possible de comprendre pourquoi, de trouver l'ombre d'un prétexte à un ostracisme démontant et dont hurlait d'ailleurs l'incommodité. Il prit son temps. Il se tambourina les tempes de son mouchoir tassé en boule, après quoi, le collet du paletot dressé jusqu'au lobe des oreilles, car les murailles crépies à neuf suaient des humidités glaciales, il s'achemina vers des clartés inexplorées aperçues là-bas, tout là-bas, dans un cadre de vitreries rapetissé par l'éloignement.

Les ayant atteintes :

— Tiens!... fit-il.

Il s'étonnait. Entre ses maigres doigts entêtés à l'ébranler, le bouton de cuivre de la serrure résistait. Tourmenté de droite à gauche, il pivotait à peine, manifestement arrêté en sa course par un infranchissable obstacle. Lui, se pencha, examina longuement et se redressa enfin, — fixé. La porte fermait à secret : un chef-d'œuvre de serrurerie dont, un instant, il s'efforça en vain de débrouiller le mystère. Il dut revenir sur ses pas, mais l'autre porte, qu'imprudemment il avait ramenée sur lui dans l'excès de son effarement, s'était, elle aussi, refermée, si bien qu'il se buta à une seconde barrière.

Il s'émut, cette fois :

— Ah diable!... murmura-t-il. Voilà qui est contrariant!

Il s'exténua en de nouveaux efforts, lesquels demeurèrent sans fruit. Alors il songea : « Que vais-je devenir? » et il resta, triste, rêveur, les yeux fixés sur les bouts aigus de ses souliers.

Quatre ou cinq fois, — toujours bercé de l'espérance qu'il allait être plus heureux avec celle-ci qu'avec celle-là, — il alla d'une porte à l'autre, en une marche patiente et lente de cloporte enfermé dans une longuevue. A la fin, il opta et se posta immobile, le nez aplati à une vitre dont la poussée lui chassait sur la nuque son haut-de-forme aux bords avancés. Autour de lui, un silence de tombe; en avant de lui, à trois pas, un mur nu dressé sur sa plinthe, où s'étalait, en forme d'équerre lumineuse, un coup de soleil venu on ne savait d'où. Lui, attendait, tirant de temps en temps sa montre, et convaincu que des employés innombrables défilaient sans interruption à une extrémité de sa prison, tandis qu'il guettait, en vain, à l'extrémité opposée, le libérateur attendu.

En même temps, avide de se distraire, il pianotait au carreau.

Quelqu'un passa.

— Monsieur! Monsieur!

Le prisonnier s'était rué sur sa porte.

Au vacarme de verres secoués qu'il déchaînait, le passant fit une brusque halte.

— Il y a longtemps que vous êtes là? demanda-t-il, plein d'intérêt, au conservateur du musée de Vanne-en-Bresse restitué à la liberté.

Celui-ci avoua qu'à vrai dire il y avait un certain temps.

— Voilà qui n'est pas ordinaire, déclara alors l'étranger.

Le successible poursuivit :

— Monsieur, mon histoire est fort simple. Je suis le conservateur du musée de Vanne-en-Bresse, héritier, pour le compte de cet établissement, d'une paire de jumelles marines et de deux chandeliers Louis XIII faisant partie de la succession Quibolle. Depuis longtemps l'affaire est à l'instruction; le Conseil d'État, appelé à statuer, a dû se prononcer ces jours-ci, et je suis à la recherche du bureau de M. de La Hourmerie, qui doit me donner à cet égard de précieuses informations. — Le bureau de M. de La Hourmerie, s'il vous plaît, Monsieur?

L'étranger avait écouté avec une extrême attention.

Il demanda étonné :

— De monsieur qui?

— De M. de La Hourmerie.

L'homme interrogea ses souvenirs. Cinq ou six fois, entre ses dents, il mâchonna : « La Hourmerie... La Hourmerie... La Hourmerie... »; et :

— Qu'est-ce qu'il fait, ce monsieur? poursuivit-il.

— C'est le chef du bureau des legs.

— Des quoi?

— Des legs.

— Des legs?

— Des legs.

L'inconnu, l'œil au ciel, cherchait.

— ... bureau des legs?... bureau des legs?...

Enfin, très simple :

— Je ne peux pas vous dire, fit-il, je suis le fumiste.

— Ah, pardon !

Les deux hommes se saluèrent.

— Monsieur, il n'y a pas d'offense.

Le fumiste, au reste, fut très bien, d'une complaisance empressée qui remplit de confusion le conservateur-héritier. Il expliqua que, quelques pas plus loin, à un coude du corridor, on trouvait à qui s'adresser.

— Un garçon charmant, très gentil. Il vous renseignera tout de suite.

Il parlait de Gourgochon, expéditionnaire-auxiliaire attaché au huitième bureau. Cet employé, ex-chapelier failli de la rue des Lions-Saint-Paul, entré à quarante-cinq ans aux Dons et Legs par faveur spéciale du Ministre auquel l'attachaient de lointaines parentés, s'était créé à la Direction une spécialité bizarre : il restaurait et remettait à neuf les vieux chapeaux de ses collègues. De là des sympathies nombreuses et qui l'enorgueillissaient fort. Arrivé dès midi à l'Administration, il employait régulièrement sa première demi-heure de présence à battre la maison sur toutes les coutures et à passer le haut de sa face par des portes entrebâillées, en proposant d'une voix engageante :

— Un coup de fer ?

Le coup de fer, naturellement, était toujours le bien venu.

C'était le plus serviable des hommes. En tout temps, devant sa cheminée encombrée de braises ardentes, s'alignaient, la poignée dehors, d'énormes fers à repasser. L'été même, aux chaleurs accablantes de l'août, alors que toute la maisonnée submergeait de coco tiédi des soifs inassouvissables, il tenait bon, tapant ses fers l'un contre l'autre, pour en éprouver ensuite le degré de température à ses joues qu'emperlait la sueur.

Le conservateur surprit (au moment où, armé d'une façon de brosse à dents, il tentait d'arracher aux ailes d'un melon de feutre une tache récalcitrante) Gourgochon, qui le lança dans une topographie touffue, compliquée de bégaiements, et à laquelle il eût été extravagant d'essayer de comprendre un mot. Le vieillard n'y essaya pas, bien que se récriant à haute voix et louangeant par politesse l'éloquence du fonctionnaire-chapelier. Il se retira, désolé et souriant, et repartit à l'aventure.

Maintenant, par un corridor interminable, aux cassures à angle droit ouvrant soudainement devant lui de nouvelles perspectives de portes closes et muettes, il allait, inquiet et craintif, et très contrarié que ses souliers tapassent ainsi qu'aux dalles sonores d'une cathédrale. C'était là, en effet. pour lui, comme une invisible présence dont s'effarait et s'agaçait sa timidité naturelle. Un mur blanc filait sur sa gauche, percé, de dix pas en dix pas, de hautes fenêtres fermées à clef; par ces fenêtres, au passage, il distinguait, plus loin que le vide de la cour, d'autres fenêtres toutes semblables, fermées sur d'autres murs exactement pareils, si bien que son cœur, partagé, flottait entre la vague terreur d'être tombé dans un cercle sans fin, et l'espérance qu'un jour viendrait où il en sortirait tout de même!

Il en sortit.

A un coude brusque, un escalier se démasqua, une façon de trou à pic où serpentait vingt fois la spirale de la rampe et dont marquait le fond une pomme de cuivre. Celle-ci n'était plus qu'un point clair : l'étincelle d'une pièce de cent sous tombée au fond d'une citerne. Il n'hésita pas une seconde; il se hâta vers la descente, mais l'escalier, sans une halte, continu et exaspérant, se déroulait en tire-bouchon, sous ses pieds que surélevaient d'épaisses semelles provinciales. Atteint d'asthme, il soufflait un peu.

Un hochement de tête mélancolique le révélait plein de tristesse... fourvoyé, certes! (de quoi il ne doutait plus), pourtant résolu à aller jusqu'au bout, ayant trop fait pour, raisonnablement, pouvoir revenir sur ses pas.

Il ne stoppa qu'une fois la dernière marche franchie.

— Ouf!

Devant lui se carrait une lourde maçonnerie de briques d'où jaillissait toute une complication de tuyaux, tel, d'un cœur, le paquet enchevêtré des artères. Et il pensait : « C'est le calorifère », quand des voix crièrent : « Qui est là ? » ce pendant que deux messieurs apparaissaient, cuirassés du plastron matelassé des prévôts.

Ils avaient le fleuret au poing ; leurs masques aux mailles pressées leur faisaient de terrifiants visages. C'était Douzéphir, commis d'ordre à la Comptabilité et Gripothe, rédacteur aux Mains-levées d'hypothèques.

Venus en cachette faire des armes, ainsi qu'ils avaient coutume, ils étaient encore tout tremblants de la frousse qu'ils avaient eue, ayant cru à la survenue inopinée d'un des gros bonnets de la maison.

Lorsqu'ils virent qu'ils s'étaient trompés, quand ils eurent sous les yeux cette pauvre et douce figure, cette barbe sale et contrite remuée sur de vagues excuses et d'indistinctes explications, leur émotion avortée tourna mal. Ils le prirent de très haut. Gripothe surtout fut dur.

Il dit que la cave...

— ... ou je me trompe fort...

n'était pas un endroit à mettre des dossiers ; que l'usage des chefs de bureau n'était point...

— ... si je ne m'abuse...

de donner audience dans le calorifère, et qu'enfin. quand on ne savait pas, on se renseignait auprès des garçons de bureau, qui étaient là pour quelque chose...

— ... sauf erreur ou omission.

Le fleuret tendu vers les éloignements ténébreux de la cave que rayait horizontalement, à ras de sol, une mince ligne de lumière, il se résuma sèchement :

— On sort par là.

— Merci mille fois, balbutia le conservateur.

Déjà il fuyait éperdu, tâtonnant dans la pénombre, butant à des montagnes de coke. Douzéphir, de qui n'était point le cœur inaccessible à la pitié, lui cria de loin :

— Il y a un escalier sous le porche, qui conduit dans les services.

Un escalier !

Il y en avait bien deux, hélas! l'escalier A, affecté à l'usage du personnel, et l'escalier B, réservé au service directorial.

Le conservateur du musée de Vanne-en-Bresse eut une seconde d'hésitation, puis, résolument, opta, lancé, bien entendu, dans celui qu'il n'eût pas dû prendre.

Justement, c'était jeudi; le Directeur était au Conseil d'État, en sorte que l'huissier à chaîne donnait aux garçons de bureau un petit *five o'clock* de famille. Sur la morne table que recouvre le traditionnel tapis vert et que ne connaissent que trop les solliciteurs familiers des antichambres ministérielles, ces messieurs jouaient des litres de vin au noble jeu de piquet, abattant des quatorze en veux-tu-en-voilà et des quintes comme s'il en pleuvait, avec la netteté d'esprit de gens qui goûtent la certitude de ne pas être dérangés.

L'apparition inattendue du conservateur fut un véritable désastre. D'un bond, la tablée entière fut sur pied. Des bouteilles, heurtées, croulèrent; des journaux, sortis on ne sait d'où, s'abattirent, grand déployés, sur l'éparpillement des quintes et des quatorze.

Saouls à tuer :

— Le Directeur n'est pas là, vociféraient en chœur les garçons de bureau. Il est au Conseil, en séance! Et puis, d'abord, ce n'est pas jour de réception!... C'est le lundi et le vendredi!... Il y a une pancarte à la porte!...

À ces aboiements de meute déchaînée, le successible au legs Quibolle battit une retraite hâtive.

— Désolé, messieurs. Je ne sais comment m'excuser. Que de regrets! Messieurs, que de regrets!

Il sortit.

Un palief le reçut, mais où aller?

Vers un plafond de verre d'où pleuvait, reflétée en nappes lumineuses aux degrés cirés de l'escalier, la clarté crue de l'après-midi, il guida ses pas hésitants. Avec lui, de marche en marche, grimpait une étroite moquette semée de feuillages noirs sur fond clair, et, pareillement Mme Marlborough à sa tour, ils montèrent, l'un foulant l'autre, si haut, si haut, qu'ils purent monter! Les combles de la maison atteints, le conservateur du musée de Vanne-en-Bresse promena son regard autour de soi. A droite, à gauche, à l'infini, c'était une perspective de portes closes et muettes, un corridor aux murailles nues, percées de dix pas en dix pas, de hautes fenêtres fermées à clé...

Il comprit.

Une fatalité opiniâtre le ramenait à son point de départ.

Du coup, il n'hésita plus; il marcha à une porte et y toqua.

Silence.

Autre porte.

— Toc! toc!

Même silence.

Quinze portes, qu'il poussa, résistèrent, closes sur le vide de bureaux depuis longtemps abandonnés; mais à la seizième :

— Oh! pardon!

Il était entré dans les lieux et il était tombé sur le père Soupe, lequel, accroupi et le menton aux mains, dans l'exercice de ses fonctions... naturelles, chantonnait pour passer le temps;

Ne parle pas, Rose, je t'en supplie,
Ne parle pas, Rose, ne parle pas.

Alors le vieux désespéra; il eut la perception nette d'une volonté supérieure encombrant de bâtons ses roues et s'opposant à ce qu'il entrât jamais en possession de son dû. Sans doute il revint sur ses pas et repartit à l'aventure, mais sans ardeur, la foi éteinte, cherchant le bureau du chef des legs avec l'absence de conviction d'un sans-le-sou qui inspecte autour de soi le pavé pour le cas où un hasard fou lui ferait y trouver vingt francs.

Un corridor se présentait. Il y entra aussitôt, tomba, et ne s'en étonna pas, dans les archives de la Direction.

Simplement il pensa :

— Ça devait arriver.

C'était une enfilade de mansardes jumelles qu'emplissait le soleil de juillet d'une température de serre chaude et d'une coulée d'or en fusion. La pente rapide de la toiture les lambrissait d'un côté, tandis que le long du mur en face, sous le couronnement de cartons qui la crénelait, s'étendait à perte de vue une haie pressée de gros registres. Il y en avait bien trois cents, tous semblablement habillés du même uniforme vert passé, à patte rouge, rehaussé de cuivreries ternies, donnant par leur alignement l'impression de soldats commandés d'enterrement, qui attendent, l'arme au pied, le passage du cortège funèbre. Une mansarde en suivait une autre qui en précédait une troisième, ouverte, celle-ci, sur la perspective rétrécie d'une succession de nouvelles mansardes : en tout, douze; on pouvait les compter à distance aux raies noires espacées sur le clair du plancher par les cloisons de séparation. Le promeneur en traversa onze, atteignit le seuil de la douzième et y demeura figé de surprise.

Une idylle s'offrait à ses yeux.

Dans le bain de soleil que déversait sur eux la lucarne soulevée du réduit, Médare, le petit auxiliaire du bureau des fondations, et Ida, la fille du concierge, s'aimaient sur un tas de papiers. Oui, ils s'aimaient, mais gentiment, étant tous les deux des bébés. Assis côte à côte par terre, montrant, plus bas que leurs nuques blondes, le bras dont chacun d'eux emprisonnait la taille de l'autre, ils discouraient de leur amour, faisaient des projets d'avenir.

— Si tu veux, expliquait Médare, nous nous enfuirons en Bretagne; je connais près de Plougastel un grand bois qui est plein d'oiseaux. Veux-tu y venir avec moi?

Et la petite, les yeux grands ouverts sur la vision évoquée d'une forêt emplie de nids et de chansons, répondait :

— Oui!... Oh oui!... Je veux bien.

Ils étaient là comme chez eux; les paperasses d'un antique dossier dont le jeune homme, d'un coup de son canif, avait fait sauter la courroie, leur mettaient sous le derrière l'épaisseur d'un lit de mousse.

Ils se répétèrent vingt fois qu'ils s'adoraient, tombèrent ensuite aux bras l'un de l'autre en faisant claquer sur leurs bouches de ces baisers qui ne finissent plus.

— Tiens, mon rat!

— Tiens, mon trésor!

— Tiens, ma reine!

— Tiens, mon bien-aimé!

Le touchant tableau! L'agréable spectacle!... Un tigre en eût senti ses yeux s'humecter de larmes attendries. Le conservateur en fut remué jusqu'en les fibres les plus secrètes de son âme. Il comprenait et respectait l'Amour, car il en avait bu les joies, vers 1843, sur les lèvres en fleur de la conservatrice alors plus blonde que les blés. Il répugna à gâter tant de bonheur; il s'en alla comme il était venu, sans bruit, sur la pointe du pied, laissant à la douceur infinie de leur étreinte ces enfants si sages et si purs. Il pensait bien un peu : « Singulière maison!... fertile en dessous inattendus! » Mais il en avait vu tant d'autres, qu'il commençait à s'habituer.

Et des corridors déjà vus reçurent à nouveau ce brave homme; par la solitude cirée et solitaire d'escaliers parcourus déjà, reparut sa silhouette errante : tel dans les histoires de revenants, on voit errer sous la lune, parmi des arceaux d'abbaye, l'ombre éplorée d'un capucin mort dans l'impénitence finale.

Qui l'eût cru? Un succès éclatant devait pourtant couronner tant d'efforts. Comme, stationnaire sur un palier où l'avait charrié le hasard, le conservateur du musée de Vanne-en-Bresse hésitait sur ce qu'il allait faire, Chavarax vint à passer.

L'amabilité spontanée rentrait dans le programme compliqué de ce personnage.

Il s'approcha, et, d'une voix tout sucre :

— Vous demandez quelqu'un, monsieur? questionna-t-il.

— Oui, monsieur, répondit le vieillard non sans quelque mélancolie, mais cette maison est un tel labyrinthe!... Bref, je désirerais parler à M. de La Hourmerie.

— Parfait! fit l'employé; c'est mon chef de bureau et je me rends justement chez lui. Si vous voulez venir avec moi...

— J'accepte avec reconnaissance.

Une minute plus tard, sur les insistances de Chavarax répétant : « Je n'en ferai rien. Après vous, monsieur,
passez donc! » le participant aux libéralités Quibolle
pour une paire de jumelles marines et deux chandeliers
Louis XIII, poussait la porte du cabinet où se tenait
le chef préposé à la délivrance des legs.

Il fit un pas, un seul, et :

— Oh!...

Étendu au milieu de la pièce, le dos dans une mare
de sang, gisait M. de La Hourmerie que venait d'égor-
ger Letondu.

Ce gaillard-là n'avait pas cané devant l'ouvrage. Il
avait tapé comme un sourd, de haut en bas, avec une
telle autorité que la pointe du couteau de cuisine dont
le cadavre était traversé de part en part, entamait une
lame du parquet. Le manche seul apparaissait hors du
plastron écarlate de la chemise : de quoi Letondu
semblait fort satisfait d'ailleurs, chantonnant une
petite chanson et jetant des coups d'œil de biais sur
son chef-d'œuvre pendant qu'il s'essuyait les mains à
la mousseline des rideaux.

Certes, le conservateur du musée de Vanne-en-
Bresse en avait vu de toutes les couleurs depuis qu'il
avait mis le pied hors de l'hôtel des Trois-Boules.
Même, entraîné, il avait bien pensé pouvoir compter
encore sur de nouvelles surprises; seulement, de là à
une tragédie!...

Ceci passait ses espérances.

Un instant muet de stupeur, il se retourna vers
Chavarax.

— Il faut courir à l'instant même...

Un dernier étonnement l'attendait : Chavarax avait
disparu.

SIXIÈME TABLEAU

I

En apprenant que Chavarax sollicitait de lui une audience, M. Nègre qui travaillait à un ballet-pantomime pour l'inauguration du Nouvel Alhambra, jeta des cris de nature à en étourdir vingt-cinq sourds.

— Non! non! Qu'il s'en aille, qu'il s'en aille; il m'embête, monsieur Chavarax. Je ne veux plus entendre parler de lui. Ce n'est pas possible, à la fin; cet homme-là en veut à mes jours.

— Il dit, insinua l'huissier, que c'est pour une communication de la plus haute importance.

— De la plus haute importance, parfaitement; je la connais, sa communication. Dites-lui que je suis avec le nonce du pape.

Il se croyait sauvé, trempait la plume dans l'encre... Hélas, il dut en rabattre, soudainement stupéfié à reconnaître Chavarax qui se glissait, le sourire sur les lèvres, entre le coude de l'huissier et le chambranle de la porte. S'entendant consigner l'entrée, l'employé avait passé outre, et, trop fin pour laisser le temps de se produire à une rebuffade possible, il prenait le premier la parole, délibérément, en homme qui a le tort pas bien grave de se montrer un peu sans gêne avec une personne amie.

— Je vous demande pardon. Un mot.

Le Directeur eut une volonté de rébellion.

— En vérité, monsieur Chavarax...

Mais Chavarax :

— Un mot, un seul! c'est l'affaire d'une minute,
pas plus. — Veuillez vous retirer, Maréchal.

Et Maréchal se retira, et M. Nègre n'eut pas un
geste pour le retenir, le stérile regret de sa faiblesse
épanché dans un simple « Mon Dieu!... » qu'il murmura à bouche close tout en désignant de la main un
siège libre à son interlocuteur. Cent fois déjà il avait
capitulé sans coup férir, terrassé avant le corps à corps,
sans force devant un gaillard dont l'audace le décon-
certait. Ça commençait et s'achevait de même, tout
le temps : d'abord le sursaut sur la chaise, les poings
qui se closent, la bouche qui s'ouvre pour une clameur
de révolte; c'était ensuite le trouble qui paralyse, le
balbutiement qui défaille, le mutisme systématique où
les gens de sang chaud, prudemment, enchaînent leur
peur d'en trop dire, ficellent à l'instar d'une bête
redoutable leur éloquence trop longtemps contenue et
capable, une fois lâchée, des pires excès.

Du reste, l'instant venait vite, où au sentiment de
l'exaspération succédait un sentiment tout différent,
fait d'un bizarre composé de curiosité intéressée et de
vague admiration.

M. Nègre était un de ces flâneurs instinctifs pour
qui la vie est un boulevard, fertile en attrayants
spectacles. Il en descendait le cours la cigarette aux
lèvres, faisant indifféremment halte devant les beaux
étalages ou devant les marchands de pâte à faire couper
les rasoirs, indulgent à qui l'amusait et étanchant sa
soif du pittoresque à la première source venue. Certes
il haïssait Chavarax; il le haïssait de toute son âme!...
Seulement il en goûtait l'étonnante mauvaise foi, le
toupet extraordinaire, la facilité sans exemple à récla-
mer le paiement qui ne lui était point dû de sacrifices
qu'il n'avait pas faits, de services qu'il n'avait pas
rendus, de tâches qu'il n'avait pas remplies. Si le
Directeur en prenait des cheveux gris, le dilettante y
trouvait son compte.

Chavarax prit donc une chaise.

— En un mot, comme en cent, voici, fit-il sans plus

de préambule. Letondu vient d'assassiner M. de La Hourmerie, et...

Il n'en put dire davantage, M. Nègre avait eu la soudaine détente d'un train de derrière de grenouille mis en communication avec la bouteille de Leyde.

— Vous dites?...

Le rédacteur ramena sa réponse à une pure constatation de fait.

— C'était sûr, prononça-t-il demi-souriant, les bras élargis d'évidence. Voilà six mois que j'attendais ça. Même... (il tira de sa poche une feuille de papier ministre qu'il développa avec soin et qui apparut noire de chiffres)... en prévision de ce qui, fatalement, devait arriver un jour ou l'autre, je me suis livré à un petit travail qui n'est pas sans intérêt et que je vais avoir l'honneur de vous soumettre. Le voici. Si vous voulez bien, nous allons l'examiner ensemble.

C'était un tableau comparé du personnel de la Direction, où figuraient les employés, du plus gros jusqu'au plus humble, leurs noms relégués à l'extrême gauche, au-dessous de leurs dates d'entrée. Trente petites colonnes parallèles, inégalement semées de nombres entre leurs tracés d'encre rouge, détaillaient, et cela depuis trente ans!... les mouvements d'argent opérés sur le budget du chapitre I, le tout aboutissant à une marge assez vaste enfermant les états de service de chacun en regard de l'avancement dont il avait bénéficié. C'était d'une limpidité de cristal. Oui, ah! il en avait dû mettre, des jours, des semaines, des mois, à confectionner ce monument!... Que de fiches culbutées les unes sur les autres, en l'emprisonnement de leurs boîtes! Que de poudreux registres, abattus grands ouverts et fiévreusement triturés à même le plancher des archives! Que de souvenirs, un à un arrachés à la mémoire hésitante des vétérans des Dons et Legs!

Mais quel terrain de discussion, aussi!...

Dans le seul ton dont Chavarax, l'index pointé vers son papier, prononça : « Les chiffres sont là! » tenait toute l'inanité des chicaneries de mauvaise foi.

En vain, M. Nègre affolé, les reins fléchis sous le

fardeau de sa responsabilité pesante, bégayait :

— Oui, oui... parfaitement, nous reparlerons de ça plus tard ; procédons par ordre, et avisons au plus pressé !

— Pardon ! Ah pardon ! Permettez ! insistait l'inexorable Chavarax. Ceux qui sont morts sont morts, n'est-ce pas ? Eh ! bien, qu'ils nous laissent tranquilles. Le pressé, c'est le sort des vivants. — La disparition de M. de La Hourmerie laisse 8 000 francs disponibles, ce qui n'est pas un liard, et permet de donner bien des satisfactions depuis longtemps attendues. Or, deux combinaisons se présentent :

ou l'augmentation pure et simple de tout le petit personnel, calculée sur 225 francs par tête (j'ai fait le compte), et 700 francs pour votre serviteur avec la place de sous-chef qui m'est acquise de ce jour ; — le traitement minimum de sous-chef est de 4 000 francs ; je suis à 3 300 ; je réclame donc strictement ce qui m'est dû. Vous voyez que je ne suis pas féroce ?

ou l'augmentation générale, des gros aussi bien que des petits, 500 francs pour ceux-ci, 800 francs pour ceux-là ; — mesure en faveur de laquelle je n'hésite pas à me prononcer et dont l'application serait des plus faciles, ainsi que je vais avoir l'honneur de l'établir à vos yeux.

Il avait avancé la main. Il prit un crayon qui traînait dans l'encombrement de la table, et sourd aux protestations de M. Nègre criant qu'il avait à cette heure bien d'autres chiens à peigner et qu'on verrait clair le lendemain, il poursuivit. C'était un garçon ingénieux ; son sac contenait plus d'un tour. Il démontra, clair comme le jour, que si, au point de vue pratique, le décès de M. de La Hourmerie n'était qu'une porte entrebâillée, cette porte on la pouvait ouvrir à deux battants en mettant à la retraite Bourdon, un « infirme » que seule maintenait à son poste une charité mal ordonnée.

— D'où, non plus huit mille francs de disponibles, mais seize !... Et ce n'est pas tout, notez bien !

Et ce n'était pas tout, en effet. Car à cette somme

déjà imposante se venaient ajouter plusieurs autres milliers de francs :

les 4 000 balles du père Soupe, qui laissait sa peau dans l'affaire ;

les 1 800 francs de Gourgochon que renvoyait à ses chapeaux le programme de Chavarax ;

sans parler des 2 700 francs de Letondu, remplacé dès le lendemain par un sous-officier rengagé, aux appointements de 1 500 francs, et des 7 500 francs que l'on pouvait réaliser en ne faisant plus qu'un service du bureau des Fondations et du bureau des Hypothèques, dont on n'aurait qu'à faire nommer juge à Paris, le chef, M. Varincoucq, à titre de compensation.

La combinaison peu à peu tournait au jeu de massacre. Dix morts restèrent sur le carreau en moins de temps qu'il n'en faut pour le dire. Les survivants commencèrent bien par hériter de leurs souliers, mais à peine les eurent-ils chaussés que Chavarax les leur reprit !...

Quel homme !...

Il dit que Douzéphyre, Gripothe, Guitare et plusieurs autres, ayant été compris dans le dernier mouvement, n'avaient pas à bénéficier d'une nouvelle augmentation ; que le petit Médare et Lahrier ne pouvaient, eux non plus, prétendre à l'avancement, étant, l'un un gamin et l'autre un amateur ; que Van der Hogen, volontiers, troquerait son augmentation contre la croix de la Légion d'honneur, et Sainthomme la sienne, avec enthousiasme, contre les palmes académiques.

Chaque fois qu'il citait un nom, il le biffait violemment, d'un trait de crayon qui s'abattait sur le papier comme un couperet sur une nuque.

Et l'argent montait comme un flux, et cette maison, jusqu'alors plus aride que la coque chauve d'un œuf, se mettait à transpirer l'or par tous les pores ; et ahuri de noms, noyé de chiffres, pris de terreur respectueuse devant l'aisance de ce garçon à étrangler les gens aux détours des chemins et à faire jaillir, du granit, des puits artésiens par douzaines :

— Décidément, s'avouait à soi-même M. Nègre,
cet homme-là est trop fort pour moi.

Une pudeur le retenait encore : il arrêta au passage
la phrase qui lui montait aux lèvres : « C'est fait! Je
ne discute plus. Soyez sous-chef et fichez-moi la
paix! »

— Rien ne presse, hasarda-t-il. Laissez-moi le
temps de souffler, de grâce. Vous n'êtes pas à un
jour près.

Mais il n'avait pas achevé que déjà l'autre était
debout. Son visage exprimait la plus vive surprise;
ses yeux hagards, promenés de muraille en muraille,
semblaient y chercher un clou pour accrocher leur
détresse.

— Le temps de souffler?...

Soudain, la pièce s'emplit de cris. C'était Chavarax
qui meuglait, rappelant ses états de service, le désintéressement dont il avait fait preuve, la longanimité
qu'il avait déployée depuis le jour où sa foi ardente lui
avait fait tout immoler sur les autels de la mère patrie.

— Tout! tout!... Un de ces mariages extraordinaires qu'on ne rencontre pas deux fois!... Une
situation de cent mille francs par an!... La direction d'un journal réactionnaire qui est une des plus
grosses affaires de Paris!...

A ces mots :

— C'est vrai! Oui! Vous avez raison! hurla de
douleur M. Nègre. Votre arrêté de nomination sera
ce soir à la signature; mais la paix! la paix! Ah! la
paix! je l'implore de votre charité, à genoux!

Chavarax, lancé tête basse dans une édifiante
étude de l'ingratitude des gouvernements envers
les bons serviteurs, avait déjà trouvé le moyen de
se comparer à Aristide. Il daigna se montrer généreux; il épargna au Directeur de se comparer maintenant à Christophe Colomb.

— C'est bien, fit-il froidement. C'est bien. Je
ne vous en remercie pas moins.

— Ah çà! s'écria M. Nègre qui avait cru, chez le
rédacteur, à des transports de bruyante allégresse,
ça ne semble pas vous faire plaisir?

Chavarax, sans conviction, répondit :

— Mon Dieu, si..., tout de même.

— Comment, tout de même! fit le Directeur.
Il ne comprenait plus.

Chavarax s'expliqua..

— J'aime mieux cela que rien; sans doute mais,
quoi!... Je suis sous-chef le jour où, justement, je
devrais cesser de l'être et être élevé au grade au-dessus!...

Un soupir conclut pour lui.

— Enfin!... j'accepte... En attendant, bien entendu.

Et tandis que l'autre, abasourdi, abandonnant
toute espérance de jamais conquérir son repos,
songeait : « Ça va recommencer!!! » le jeune homme
gagna la sortie, arborant le sourire amer des résignés,
et révélant, d'un faible haussement de l'épaule, le fond
de tristesse écœurée qu'il s'efforçait de dissimuler
sous une apparente bonne grâce.

II

L'enterrement de M. de La Hourmerie eut lieu le surlendemain à l'église Saint-François-Xavier, aux frais de l'administration.

Favorisée par un temps superbe, la funèbre cérémonie ne laissa rien à désirer au point de vue de l'agrément.

Derrière un char de 3e classe portant à chacun de ses quatre angles une lourde couronne de roses thé d'où pendaient de tels voiles de deuil qu'on en eût pu habiller Andromaque, marchait, recueilli, M. Nègre, Directeur des Dons et Legs. Il était bien l'homme de la circonstance, avec sa belle figure grave, son vaste front découvert et son pardessus mastic chevauchant, plus haut que le poignet, la manche de son habit noir. De lui ou du maître des cérémonies, on n'eût trop su déterminer lequel l'emportait en correction savante : l'un plus en cuisses, l'autre plus en épaules; *ex aequo* dans l'accablement, la façon de projeter à droite et à gauche le rapide coup d'œil qui ne voit pas, et de rouler, sous une chevelure disposée harmonieusement, de mélancoliques réflexions touchant le problème de l'au-delà et l'humaine fragilité. Seulement, une fois au cimetière, le Directeur prit le dessus, car sa science était de dire comme personne des choses qui ne signifiaient rien. Il pratiquait

une éloquence à ce point spéciale et à lui, qu'on en
venait à se demander s'il ne s'en était pas assuré par
brevet la propriété exclusive!... Ça commençait comme
la retraite d'infanterie, par une espèce de roulement :
une période d'au moins deux minutes, ruisselante
d'imprévu et de couleur, qu'enjuponnait un flot de
subtile rhétorique. Et de là-dessous, peu à peu,
sortaient de petites incidentes qui montraient le
bout de leur nez avant que de se venir librement
trémousser, en ronflant comme des toupies, autour
de la mère Gigogne, leur maman.

C'était gentil tout à fait; on aurait enterré son
père, rien que pour avoir le plaisir d'en ouïr l'oraison funèbre.

Le défunt n'eut pas à se plaindre.

Oh! il fut royalement traité, le défunt, louangé
comme un mort de grande marque : vingt minutes
on le couvrit de gloire, on exalta son tact exquis, le
désintéressement de son zèle. Un moment vint où
il n'y eut plus à douter que le mort eût détruit Carthage
et sauvé la Chose Publique; en sorte que les héritiers, au
révélé, chez leur parent, de tant de vertus insoupçon-
nées, se mirent à verser des larmes. Le tout se ter-
mina par des expansions et des échanges de poignées
de main au bord de la fosse béante. La lèvre fleurie, —
à peine, — de ce sourire qui fait le modeste, le Directeur
semblait un auteur dramatique après qu'est tombé
le rideau sur le triomphe éclatant de sa Première.

— Que de reconnaissance!... Croyez, Monsieur le
Directeur...

— Comment donc, Messieurs... Pas du tout. Je
n'ai dit que ce que je pensais.

L'inhumation s'était faite au cimetière Montpar-
nasse. La première pelletée de terre tomba sur le
cercueil à l'instant où sonnaient deux heures à un
couvent du voisinage. Devant la porte du cimetière, les ronds-de-cuir tinrent un grave concilia-
bule sur le point de savoir si, véritablement, il y
avait nécessité d'aller achever au bureau une journée
à demi entamée déjà. Sainthomme, bien entendu,
se prononça pour l'affirmative; mais il fut le seul

de son avis. Le bureau se vit donc conspué à l'unanimité des suffrages moins un. Alors, quoi? Il y eut pourparlers. Gripothe, maître en l'art délicat de faire se heurter trois billes sur le vert tapis du billard, parla d'aller jouer la poule dans un café de la rue Vavin; le sous-archiviste Alexandre, homme essentiellement poétique, proposa une excursion à Chaville ou à Viroflay, la gare étant à deux pas, cependant que Bourdon, chef du matériel, qui avait déjeuné d'une tasse de lait, se prononçait nettement pour le veau marengo, dont il magnifiait la sauce rousse. Les uns tiraient à *hue*, les autres à *dia*, quand une solution mit tout le monde d'accord.

Vêtu de noir, le chapeau à la main, l'huissier Maréchal, en effet, était venu se mêler au groupe.

— Le Directeur informe ces messieurs, dit-il, qu'il les recevra, aujourd'hui à trois heures précises, dans son cabinet.

— Ah!

Cette nouvelle surprit et inquiéta. Pour la même raison qu'un pavé se détache rarement d'un mur sans entraîner dans sa culbute une certaine quantité de plâtras, il est rare qu'un « mouvement » se produise par le fait d'une seule mutation. Nombre de ces messieurs, sans doute, sentirent la douce espérance étendre en eux ses germes bienfaisants; mais Bourdon changea de couleur et cessa tout de suite d'avoir faim. Il avait compté sur la répartition banale du traitement de La Hourmerie (la combinaison nᵒ 1 de Chavarax), non sur le mouvement général que semblait faire présager l'empressement du Directeur à réunir sa maisonnée. Tout le monde sur le pont? Mauvais signe! Le préposé au matériel en eut l'âme visitée du noir pressentiment qui tourmente le noble Abner au 1ᵉʳ acte d'*Athalie*, et il ne douta plus que le personnel tout entier fût convié à un banquet monstre, dont lui, Bourdon, de concert avec le défunt, serait appelé à faire les frais. Il eut l'impression que les tripes, le foie, la rate et le pancréas lui tombaient pêle-mêle dans le bas-ventre; si nettement, à ses oreilles, tonnèrent ces terribles paroles : « *admis à faire valoir ses droits à la retraite* », que les tympans lui en vibrèrent, comme ceux d'un homme qui a imprudemment passé devant la gueule d'une cloche en branle.

Il cingla vers la rue Vaneau sans aucune précipitation, de ce pas, *qui a bien le temps*, des suppliciés conduits à l'échafaud.

Trois heures sonnèrent.

L'huissier ouvrit à deux battants la haute porte aux cannelures d'or sur fond pâle qui isolait du salon d'attente le cabinet directorial, et se rangea pour laisser le passage libre. Dépouillé de la tenue d'homme du monde arborée pour la solennité de l'enterrement, il portait à présent l'habit à longues basques ouvert sur l'empesé de la chemise, et dressait, plus haut que son faux col, son profil imposant, aux noirs favoris, de Conseiller à la Cour.

— Messieurs des Dons et Legs! annonça l'huissier Maréchal.

Ces messieurs pénétrèrent : les chefs et sous-chefs d'abord; Bourdon le premier, en sa qualité de doyen. M. Nègre attendait, le dos à la cheminée, les coudes chassés en arrière et reposés à même le marbre. Il accueillit son subalterne avec la grave salutation que comportait cette journée de deuil, lui tendit une main désolée, que Bourdon effleura respectueusement de la sienne, et répandit un vague regard sur le troupeau envahissant du personnel.

Il dut attendre, pour parler, que le brouhaha des chaussures traînées par les lames du parquet se fût achevé d'éteindre, après quoi, d'une voix pénétrée, il prit en ces termes la parole :

« Messieurs,

« Ce n'est pas la première fois que courbant le front devant les arrêts de la Mort, j'ai à déplorer en votre présence l'imprévu terrible de ses coups et ses férocités iniques. Le décès de l'homme de bien que fut durant tant d'années notre camarade de chaque jour, les circonstances tragiques qui l'ont accompagné, et, mon humilité commande que je le confesse, l'égoïste regret du précieux auxiliaire qui m'est si brutalement ravi, me font accablante, aujourd'hui, une tâche toujours douloureuse. Au sentiment de détresse sans bornes qui étreint à cette heure mon âme, je vois toute l'étendue du vide qui s'est produit. Oui, il semble que jamais encore je n'avais nettement ressenti l'étroite union de la grande famille dont chacun de vous est un des membres et à la tête de laquelle la confiance du Chef de l'État m'a fait l'honneur de me placer. Vous pardonnerez donc, je l'espère, à l'émotion qui me suffoque. Je dirai plus : certain que vous la partagez, je ne tenterai pas de m'y soustraire ».

Un trémolo à l'orchestre eût fait merveille dans le paysage.

L'orateur regretta quelque peu *in petto* l'absence de ce condiment, mais le ciel était avec lui; comme il terminait sa période, un nuage glissa devant le soleil et le jour s'obscurcit soudain.

On vit alors à quel point il est vrai que les choses peuvent avoir des larmes!... Une lueur de sépulcre entrouvert se mit à flotter par la pièce, baignant d'une recrudescence de tristesse la tristesse déjà incurable du meuble Empire qui l'ornait : le bureau d'acajou, couleur sang caillé, aux incrustations de cuivre; les dos en forme de lyres des chaises; l'urne plaintive que supportait le cube d'albâtre de la pendule. Le regard fixe des employés disait les efforts qu'ils mettaient à ravaler des sanglots de circonstance, et il semblait que, de sa corniche, Solon, le dur Solon lui-même, prît sa part de désolation, avec son front lourd de soucis, labouré de rides profondes qu'emplissait un sombre amalgame de ténèbres et de poussière.

Or, au milieu de l'accablement général, M. Nègre gardait un masque éploré et une âme parfaitement sereine, ayant eu le matin une petite entrevue avec le chef du cabinet, lequel l'avait rassuré.

— Vous moquez-vous? lui avait demandé ce fonctionnaire. Vous êtes un peu timbré, je pense, de vous fourrer martel en tête parce qu'un employé de chez vous a commis une extravagance sous le coup d'un transport au cerveau. Vous n'avez rien à voir là-dedans, et, du reste l'affaire ne fera aucun tapage. Si je ne l'étouffais dans l'œuf et ne faisais le nécessaire pour épargner, et à vous, qui êtes un gentil garçon, et au Gouvernement, qui n'a pas besoin de ça, des complications superflues, vous me prendriez pour un daim.

Une éloquente pression de doigts avait souligné ce discours; un sourire l'avait ratifié. De là, pour l'intéressé, un soulagement d'autant plus vif que ses angoisses de la veille avaient été plus cuisantes. Et aussitôt il avait arrêté son plan, un plan de sybarite bon diable dont on a respecté le bien-être, qui en sait un gré infini au genre humain tout entier et désire l'inonder, en signe de gratitude, de largesses... qui ne lui coûteront rien. Incapable d'attenter à la propriété des autres dès l'instant qu'il voyait la sienne sauvegardée, il n'avait retenu que deux choses de la combinaison Chavarax : la possibilité de fusion de deux services en un seul; l'heureuse exploitation, au profit de tout le monde, de la vanité de deux crétins.

Il poursuivit :

« — Mais quoi! conviendrait-il de s'éterniser en de vains et stériles regrets? C'est, messieurs, ce que je ne crois pas. J'honorerais mal la mémoire de celui dont l'âme, à présent, flotte par les libres espaces, si, pliant sous le faix de ma douleur, je négligeais les intérêts d'une maison qui lui fut chère. La vie a ses exigences; elle veut que la dépouille des morts concoure au bien-être des vivants : je le déplore, bien que n'y pouvant rien. J'ai cru, dès lors, devoir précipiter les choses et ne point ajourner, pour des raisons de pur sentiment, une répartition de fonds dont le besoin depuis si longtemps s'imposait. Cette répartition, que je me suis efforcé de rendre aussi équitable que possible, je vais vous en donner connaissance ».

Ici, le silence devint tel, qu'on eût entendu un cloporte grimper au cadre de la glace. L'orateur vint à son bureau. Il y prit une feuille de papier qui s'y étalait au sein de multiples paperasses, l'éleva jusqu'à ses yeux et lut :

« *Le Garde des Sceaux, Ministre de la Justice ;*

« *Sur la proposition du Conseiller d'État, Directeur général des Dons et Legs,*

« ARRÊTE:

« ARTICLE PREMIER.

« *M. Varincoucq, chef de bureau à la Direction Générale des Dons et Legs, spécialement affecté au service des Hypothèques, est nommé chef de bureau des Legs, en remplacement de M. de La Hourmerie, décédé* ».

Le poste de La Hourmerie revenait de droit à Van der Hogen. Le sous-chef eut un sursaut et étouffa mal une exclamation; mais sous la moustache de M. Nègre, un demi-sourire se dessina, d'une bienveillance rassurante.

— Je prie M. Van der Hogen de patienter un instant. Une disposition spéciale a été prise en sa faveur.

Van der Hogen, confus, rentra en l'empesé de son faux col; le Directeur continua sa lecture :

« ARTICLE 2.

« *Le bureau des Hypothèques est rattaché au bureau des Legs, qui prendra désormais cette dénomination : Legs, Hypothèques et Mains-levées d'hypothèques.*

« ARTICLE 3.

« *M. Chavarax, rédacteur à la Direction Générale des Dons et Legs, est nommé sous-chef adjoint aux appointements de quatre mille francs.*

« ARTICLE 4.

« *Le personnel de la Direction Générale des Dons et Legs est, presque en sa totalité, l'objet d'une augmentation de traitement dont le détail sera donné d'autre part* ».

« — Cette augmentation, continua M. Nègre après avoir laissé tomber, d'une main son papier et de l'autre son monocle, ne saurait être, en effet, que partielle. Plusieurs d'entre vous, messieurs, ont

atteint le maximum de traitement attribué à leurs
fonctions par des règlements formels, ou ont bénéficié d'augmentations récentes. Ils n'ont donc qu'à
espérer!... Des temps luiront pour eux, meilleurs,
proches peut-être, car la vie, — en eûmes-nous jamais
une preuve plus terriblement évidente? — est fertile
en inattendus. D'autres, qui ne sont point dans ce
cas, se fient au bien-fondé de leurs prétentions. Hélas!...
A plus d'un de ceux-là je devrai aussi crier : « Espoir!
Laissez la bonne volonté du camarade qui est en moi
en appeler une fois de plus à la bonne volonté du
camarade qui est en vous! » Mais il convient que je
m'attarde un instant au cas tout particulier de M. Van
der Hogen. — M. Van der Hogen, messieurs, compte
parmi les doyens de cette maison dont il est, depuis
vingt-cinq ans... »

— Vingt-six, rectifia de sa place le sous-chef
Van der Hogen.

— ... depuis vingt-six ans, veux-je dire, l'un des
plus robustes soutiens. Une occasion se présentait
de reconnaître ses services; je la saisissais avec joie
quand je me butai au *veto* inexorable de M. le Garde
des Sceaux, arguant contre notre collègue des titres
mêmes qui le désignent à la faveur du Haut Personnel
Administratif. « *Nul plus que moi*, m'a-t-il objecté,
*ne sait avec quel zèle et quelle intelligence s'est acquitté
M. Van der Hogen du labeur confié à ses soins. C'est
bien ce qui fait que rien ne saurait me décider à les
détacher l'un de l'autre. En pâtisse l'intérêt de M. Van
der Hogen!... L'intérêt public avant tout!* » Quel plus
bel éloge, monsieur et cher collègue, eussé-je pu
souhaiter de vos mérites? Je n'avais plus qu'à m'incli-
ner et je m'inclinai de bonne grâce, me bornant à exiger
pour vous, à titre de compensation, la Croix de Che-
valier de la Légion d'Honneur... Toute juste cause se
gagne, monsieur, et je bénis la clémence du ciel,
puisqu'il m'est permis de goûter, au déclin d'une journée de tristesse, la douceur de saluer en vous le Légionnaire de qui l'*Officiel* de demain portera aux quatre
coins de l'Europe le nom désormais illustre ».

Un pourpre d'orgueil incendia la face monstrueusement inepte du Légionnaire. Son allégresse s'épancha dans des balbutiements de gâteux :

— ... ba... bou... bibi... ne sais comment exprimer...

— Il suffit, fit le Directeur qui eut la charité de dresser une digue devant ce débordement d'éloquence, je transmettrai vos remerciements à M. le Garde des Sceaux. Je n'ai plus qu'un mot à dire, messieurs. Il concerne le plus modeste, non le moins méritant, de vous : j'ai nommé M. Sainthomme. — Il est là, M. Sainthomme?

L'expéditionnaire se montra, vert d'émoi, les poignets de sa chemise caparaçonnés de papier blanc.

— Oui, monsieur le Directeur.

— Fort bien. Approchez-vous, je vous prie; car j'ai aussi à vous communiquer des nouvelles qui vous intéressent. Il y aurait superfétation de ma part, monsieur Sainthomme, à venir rappeler ici de tels états de service que votre humilité, encore qu'excessive, n'a pu en obscurcir l'éclat. L'heure a enfin sonné pour moi de leur rendre publiquement hommage. Que dis-je, Moi?... l'État, plutôt!... la République, que je représente, et qui, avide de vous donner un gage, mais un gage magnifique, de sa satisfaction, vous laisse le soin de vous décerner vous-même une récompense à votre goût. Une somme de trois cents francs reste libre, et aussi un ruban violet d'officier d'Académie, qu'a mis à ma disposition M. le Directeur des Beaux-Arts... Veuillez choisir. *Sub judice lis est.* Ma décision est aux ordres de la vôtre ».

C'est ainsi que discourut cet homme comparable à nul autre en l'art de passer de la pommade, et une vision surgit devant les yeux de Sainthomme. Non la vision de son triste chez-soi, empli des rugissements aigus du dernier-né, des plaintes de la ménagère mêlées au bruit sec des béquilles butant contre des pieds de chaise, mais l'éblouissement d'une aurore, son apothéose glorieuse quand il irait promener son ruban par les petites rues de Grenelle, au milieu du murmure flatteur des gens qui font halte sur place et se demandent les uns aux autres : « Quel est donc cet homme distingué qui a les palmes académiques? » Il

demeura muet. Simplement, entre son pouce et son
index, il pinça le revers crasseux de son veston, tandis
que, d'une œillade discrète, il signalait à M. Nègre sa
boutonnière, vierge de palmes.

Celui-ci comprit.

Il sourit.

— L'arrêté sera signé ce soir. Mes compliments,
mon cher collègue.

L'audience était levée. Lentement le personnel
s'écoula, répandu à nouveau par le salon d'attente.
Et c'est alors qu'il fallut voir Bourdon!... Ce fut
vraiment un beau spectacle. Rires sonores, éner-
giques shake-hands, galopades de jeune poulain à
travers les épaisses luzernes du pâturage! « Ah! mon
cher, félicitations!... Compliments sincères, Sainthomme!... Van der Hogen... la vieille amitié qui nous
lie..., permettez que je vous embrasse, hein?... Messieurs, une journée mémorable!... »

— Ah çà! il est saoul! se dit Lahrier, qui s'égayait
à le voir faire.

Il l'était en effet, le pauvre homme, et à tomber!
grisé de l'alcool des joies trop brusques. La fièvre
s'éveillait en lui, des gens qui l'ont échappé belle
et entrevoient des éternités de vie pour avoir coudoyé
la mort d'un peu près. Et déjà des projets d'avenir se
formulaient, quasi précis, sous son crâne plus poli que
l'ivoire ; des plans d'admirables réformes, dont le besoin,
on n'en doute pas, se faisait impérieusement sentir.

Citons :

réductions opérées en grand, sur le papier, le
pétrole, la ficelle ;

substitution de la tourbe au coke, reconnu procédé
de chauffage ruineux ;

suppression de l'essuie-mains accordé chaque semaine
à chaque employé par la munificence administrative
(du coup, 75 francs de blanchissage par an, rayés des
frais de la maison!...) ;

toutes choses sagement pensées, faites pour alléger
dans de notables proportions l'écrasant budget de
l'État et graver le nom de Bourdon, à jamais, au livre
d'or de la Direction des Dons et Legs.

Sans doute, il n'en disait rien, mais nous, qui ne sommes point tenus à de pudiques réserves, nous proclamerons la vérité : le décès de La Hourmerie, termite dévastateur, rongeur insatiable, cancer implacable et affreux, ouvert au flanc meurtri du service du Matériel, ne laissait point que de lui être singulièrement agréable.

Il en poussait des « ouf! » discrets, pareillement un père de famille qui a enfin réussi à embarquer pour la Bolivie le fils prodigue de qui les honteuses débauches souillaient de fange les cheveux blancs.

Il répéta :

— Une belle journée!... Oui, belle journée, en vérité!

Il devenait indécent, vraiment, à célébrer ainsi une journée qu'il avait en partie occupée à piétiner derrière un corbillard,

Lahrier le lui fit observer.

— Ce n'est pas pour chiner; mais, vrai!... vous êtes gai, les jours d'enterrement!

Alors Bourdon.

— Point du tout!... Plaisantez-vous, mon bon ami?... La Hourmerie... vieux camarade...; vingt-huit ans ensemble!... grand chagrin... Très affecté, au contraire.

Mais le jeune homme s'étant mis à rire :

— Sérieusement, mon cher. Je vous promets!... Ah! ces jeunes gens! ça ne croit à rien!... — Où dînez-vous?

Cette question surprit Lahrier.

— Ma foi, dit-il, je n'en sais rien, moi. Où ça se trouvera.

— Dînons ensemble, en ce cas?... Je vous invite; vous voulez bien?

— Vous êtes trop aimable...

— Allons donc!... Mon cher, j'adore la jeunesse. Entendu, hein?

Le salon s'était vidé. Seuls, Gripothe, Gourgochon et le commis d'ordre Guitare s'étaient attardés devant la fenêtre à causer de Letondu, qu'on venait de fourrer à Bicêtre avec la camisole de force. Bourdon, emballé de prodigalité, les convia, du coup, tous les trois, et ils acceptèrent, stupéfaits.

— Eh! bien, en route!... Nous allons dîner à Montmartre!

On tomba d'accord pour Montmartre. Lahrier y connaissait des endroits rigolos; la boîte à Derouet, entre autres, la *Crécelle*, une façon de bouge-concert situé au pied de l'Élysée et où on achèverait la soirée en gaîté. Bourdon voulut tout ce qu'on proposa, et la bande s'achemina tout doucement vers les quais, distingués dans les enfoncements de la rue de Belle-chasse, blancs, au-dessous des verdures poussiéreuses des Tuileries.

III

Sur le seuil hermétiquement clos de la *Crécelle* une demi-douzaine de badauds stationnaient la tempe tendue, avec des profils recueillis que laissait deviner la flamme d'un bec de gaz planté au bord du trottoir. Et le fait est que les coups de gueule de Derouet, — ces coups de gueule dont la renommée amenait chaque soir sur Montmartre de longues bandes vadrouilleuses affluant là des quatre extrémités de Paris, — transperçaient les épais culs de bouteille de la porte, enjambaient le trottoir, franchissaient la chaussée, s'en venaient expirer en appels lointains à l'oreille des voyageurs juchés sur le tramway de l'Étoile.

— C'est ici, entrons, dit Lahrier, qui s'ouvrait le passage à coups de coude.

Ils entrèrent, et ce fut l'explosion soudaine d'une amorce de fulminate sous le talon qui la rencontre. Une telle clameur saluait leur apparition qu'ils en demeuraient suffoqués, se demandant s'ils n'allaient point fuir, échangeant l'anxieux coup d'œil de gens d'esprit rationnel tombés dans une maison de fous. Des voix hurlaient : « Chapeau! Chapeau! »; d'autres proféraient on ne sait quoi, des choses qui ressemblaient à des menaces et qu'achevait de rendre inquiétantes un assourdissement de sifflets suraigus et de cris de jars en détresse. En même temps, trois sous-officiers

sonnaient éperdument aux champs. Plus haut que le
fouillis inextricable des têtes, car du même mouvement
spontané ils s'étaient dressés sur leur banc, on voyait
la tache claire de leurs longues capotes, leurs bras
levés qui tenaient le sabre, leurs vastes shakos d'ordonnance où un pompon rouge fleurissait. Et ainsi,
saouls comme des ânes, ils braillaient en trois tons
divers, ceci au grand émoi d'un pianiste à gages, qui
tentait pourtant de les soutenir et dont les accords
insensés se mêlaient aux abois furieux de deux jeunes
chiennes secouant leurs queues en panaches parmi les
verreries du comptoir.

— Hé bien, en voilà un bouzin! s'exclama le chef
du matériel! C'est inouï, une boîte pareille!

— Nom de Dieu, voulez-vous fermer la porte,
lança le trombone de Derouet. Faut-il que j'aille vous
mettre la tête dans un seau d'eau pour que vous vous
décidiez?

Le patron de la *Crécelle* était debout sur une table
qu'il venait de prendre d'assaut. En des lacs de bière
répandue, les semelles de ses bottes baignaient, et de
la main, une main blanche et grasse, aux ongles roses
de petit marquis, il faisait tournoyer dans le vide un
énorme gourdin de hêtre. Entre le col lâche de sa
chemise et les ailes déployées de son feutre, sa belle
tête de Chouan résolu apparaissait toute bleue aux
joues.

Lahrier ouvrait la marche.

— Avançons! lui jeta à l'oreille Gripothe qui venait
derrière lui et commençait à avoir peur. Ce gaillard-là
serait capable de nous faire marcher à coups de trique.

— Vous en parlez à votre aise, dit Lahrier. Enfin,
essayons toujours. Quelle cohue!...

Ils firent un pas. Les cris de « Chapeau! » redou-
blaient. Ils durent, pour avoir la paix, toucher les
bords de leurs coiffures, ce qui détermina un « Ah! »
de soulagement, éternisé en point d'orgue. Ils se
hasardèrent alors, se faufilant entre les tables, entrant
de biais dans l'encaquement compact des consomma-
teurs.

Derouet criait :

— Place aux miteux!... Serrez-vous donc un peu, là-bas, vous n'êtes que quinze sur le banc.

Heureusement, un couple s'était levé. Deux chaises libres! Ils s'en emparèrent en hâte et se les partagèrent fesse à fesse, mais Bourdon s'étant plaint qu'il était trop serré eut la joie de s'entendre huer bruyamment, tandis que Derouet, dédaigneux, lançait à son garçon Maxime :

— Maxime, vous me donnerez un galopin d'honneur au compte du gros *laquépem* qui élève des réclamations.

— Boum! fit Maxime.

Intrigué :

— Le gros *laquépem*, c'est moi? demanda à Lahrier, Bourdon.

— Oui.

— Et pourquoi donc *laquépem*?

— C'est de l'argot de boucher. Ça veut dire « paquet ».

— Paquet!!!...

— Hélas, oui. Et puis un conseil en passant. Inutile de regimber, ou alors gare les galopins!... Vingt et un sous le bock, je vous préviens.

— Fichtre!...

Les Ronds-de-Cuir s'amusaient follement, riaient en silence à cet étroit coin de cabanon où tout, depuis la chemise écarlate du patron jusqu'au mirliton gigantesque que maintenait au plafond un fil imperceptible, semblait un retentissant défi éructé au nez du bon sens. Ils le trouvaient drôle, ce boui-boui, et, en somme, il y avait de ça. Le long des murs, dont les tapisseries en loques masquaient le plâtre entre leurs trous, des bassinoires et des plats à barbe couraient, mêlés à des guitares sans cordes, à des cadres sans toiles, à des toiles sans cadres; auprès d'un soleil fantaisiste, fait d'un pot de nuit à son centre et d'un inégal rayonnement de haches d'abordage et de chibouks tunisiens, un grand portrait peint, de Derouet, le montrait en soldat du 113e de ligne, riant, dégustant un quart de vin sur un fond clair de paysage. Il n'était pas jusqu'à un gros chérubin de cuivre qui ne priât

dévotement, agenouillé sur le piano, les ailes au dos
et les mains jointes! Et tout cela, aperçu parmi la
houle des têtes, distingué à travers un paquet de
fumée comme un fond de mer artificiel à travers la
vitre brouillassée d'un aquarium souterrain, faisait
naître en leur esprit l'idée d'un capharnaüm de bric-
à-brac, où on eût vendu de tout, même de la chair
humaine. Ils achevèrent de s'épanouir lorsque Derouet,
les poings aux hanches, annonça qu'il allait chanter :
A Courcelles.

Immédiatement, un silence imposant se fit.

Il semblait, quand Derouet chantait, que sa clientèle
communiât. *A Courcelles* était la dernière production
de ce cabaretier poète. Coulée dans le même moule
où depuis quelques mois, il en avait coulé tant d'autres, elle avait déjà fait son chemin, émigré de l'autre
côté de l'eau, jusqu'en les équivoques sous-sols des
brasseries de la rue Monsieur-le-Prince. Aussi bien
ne le cédait-elle à ses aînées en saveur ni en pittoresque,
écrite avec la même fougue, la même crapulerie voulue,
non exempte d'art, qui avaient fait le succès d'*A
Javelle*, d'*A Charonne*, d'*A la Santé*.

— *A Courcelles!* répéta Derouet, le bâton plongé
en la poche. Et vous autres, tas de cochons, tâchez
de brailler en mesure!

Des protestations s'élevèrent. Il les releva comme
il convenait :

— Fermez vos gueules! Silence aux personnes du
Faubourg! Y en a, ici, qui sont venues de Grenelle en
carrosse, tout exprès pour se faire traiter de charognes.
Regardez-moi plutôt, là-bas, l'ambassadrice de Ma-
chin-Chose, avec son michet et son macque. Va donc,
vieille vache!

Ainsi parla ce philosophe, qui, simplement se
résuma :

— De la saloperie, tout ça!... — Donnez-moi le
ton, monsieur Honoré, en *fa dièse*.

M. Honoré préluda. Derouet toussa pour se faire
le creux et commença, d'une voix dont il exagérait
systématiquement les intonations naturellement ca-
nailles :

> *A caus' que j'suis pas ben giron*
> *Et q' j'ai les patt's comme un héron,*
> *On m'appell' bébé vermicelle*
> *A Courcelles.*

hurla l'assemblée avec un touchant unisson.

— Allons c'est pas mal, y a de l'ensemble, daigna déclarer Derouet. Vous n'êtes pas si saouls que vous en avez l'air.

— Hoû!... hurla le chœur.

L'auteur d'*A Courcelles* poursuivit :

> *L'été, bâché dans les terrains,*
> *J'écoute les machin's des trains*
> *Meugler des not's de violoncelle*
> *A Courcelles.*

Il attaquait le troisième couplet :

> *J'réchauff' l'hiver, mes paturons*
> *A la brais' des marchands d'marrons,*

quand un farceur de l'extérieur fit jouer le bec-de-cane de la porte et, par l'entrebâillement, jeta en plainte lugubre :

— Tonneaux!... Tonneaux!... Tonneaux!... Avez-vous des tonneaux à vendre?

Derouet impassible continua :

> *J'dégel' mes doigts sous mon aisselle*
> *A Courcelles.*

> *J' m' pay' du foi' cuit chez l'tripier,*
> *Que j'boulott' su' des bouts d'papier ;*
> *On n'est pas fort su' la vaisselle*
> *A Courcelles.*

> *Quand mon grimpant n'a pas d'boutons...*

— Tonneaux! Tonneaux! Tonneaux! réitéra le braillard du dehors en rouvrant d'un violent coup de poing la porte que Maxime tout à l'heure lui était venu repousser sur le nez.

Derouet, que laissait froid cette scie imbécile, n'eut même pas un haussement d'épaules. Il dit simplement, avec le plus grand calme :

— Il commence à nous embêter, le marchand de

tonneaux. Je vais aller lui botter les fesses, on va voir
si ça va traîner.

Puis, au milieu d'acclamations enthousiastes saluant
cette déclaration, il acheva sans avoir perdu le ton ni
la mesure :

> *Et qu'y tomb' su' mes ripatons,*
> *J'le rattache avec une ficelle...*
> *A Courcelles!*

Il annonçait : « Moralité!... », mais au même
instant, le bâton haut, la nuque renversée en arrière
dans l'attitude ensemble héroïque et canaille du
maréchal Ney au carrefour de l'Observatoire :

— A nous, messieurs! cria-t-il.

Toute une smala, chantant la Pomponnette, entrait;
des hommes, des femmes, des filles du Coucou, du
Coq-Hardy, du Tir-Cul, enlevées telles quelles et
fourrées de force dans des fiacres, avec leurs tabliers
et leurs sacoches de peluche. Elles riaient encore à
chaudes larmes des chatouillades de la route, et cette
entrée à sensation déchaîna un retour de tempête.
De nouveau la maison s'emplit de rugissements, de
nouveau un bond effaré amena de pair sur le comptoir
les deux chiennes qui étaient reparties ronfler dessous;
de nouveau les sergents-majors, un peu plus ivres à
eux seuls que tout le reste de l'assemblée, surgirent
au-dessus de la foule, dardant des pointes nues de
leurs sabres une constellation de vieilles assiettes
adossées aux solives énormes du plafond et cuites à
ce point par le gaz qu'on les eût pu croire vernies de
caramel. Le monôme s'allongeait toujours. Le chef
de file, un grand diable à barbe de fleuve, que pénétrait
l'importance de son rôle, finit par aller tamponner
le mur du fond, de son nez qu'un binocle d'écaille
chevauchait. Il ne s'en émut pas; il commanda :
« Patrouille! » et toute la bande, gravement, se mit à
marquer le pas sur place, au rythme nettement arrêté
à l'interminable Pomponnette :

> *Pendant qu'il partira*
> *Que son voisin s'apprête.*
> *Pendant qu'il s'apprêt'ra*

> *Chantons la Pomponnette,*
> *La Pomponnette,*
> *La Pomponnette,*
> *Il filera.*
> *Ah que le bougre a bien filé!*
> *A son voisin de r'commencer*

Le roulis des chapeaux balancés de droite à gauche battait une mesure régulière; en même temps les poings serrés frappaient les cuisses et cela rendait à s'y méprendre le pas sonore des dragons attardés qui regagnent le quartier, la nuit, par les rues noires de la province.

Derouet, lui, sur ce chapelet de têtes qu'il dominait, déversait des bénédictions.

Il disait :

— Vous v'là, eh! salauds! tas de cochons, qu'est-ce que vous venez foutre ici? Quel sale monde! R'garde-moi ces gueules de miteux! — Maxime, fourrez-moi tout ça à l'Institut.

Il désignait ainsi une façon de boyau situé en contre-haut de la salle principale et où s'en écoulait le trop-plein. On y tenait bien huit, en se serrant : les miteux s'y logèrent à quinze! Le reste se casa où il put, les femmes sur les genoux des hommes et les hommes au petit bonheur, au hasard des angles de tables et des bouts de bancs restés libres. Il en fut deux qui, faute de mieux, s'allèrent blottir sous le manteau d'une vaste cheminée Renaissance dont on avait enlevé les chenets.

Alors l'enthousiasme de Bourdon déborda. Mais où il ne connut plus de limite, ce fut quand, dans le noir de la porte, ouverte sur la nuit du boulevard, eût apparu la tête effarée d'un cheval, maigre rosse que venait d'enlever la bande aux brancards de son sapin! Il en mugit de joie. Il se dressa sur sa chaise pour mieux voir et posa sa semelle sur le bord de la table pour soutenir son équilibre. Son équilibre!... Fatale idée! La table y laissa immédiatement le sien, et, en moins de temps qu'il n'en faut pour le dire, ce fut l'écroulement général et de la table et de la chaise, et de Bour-

don, le tout dans un charivari de verres cassés et de
bouteilles culbutées, tombées pêle-mêle des hauteurs
d'une étagère à laquelle le chef du Matériel avait tenté
de se retenir.

Derouet criait :

— Bougre de fourneau!... Qu'est-ce qu'il fout?...
V'là qu'y casse ma boutique, maintenant! Il la paiera!
Il la paiera!... Maxime, vous allez faire le compte, et
s'il ne casque pas, les flics!

— Boum!

Il y en avait pour cinquante-six francs. Bourdon
dut s'exécuter; il le fit en galant homme, pensant
d'ailleurs en soi :

— Je m'en fiche. L'enterrement était aux frais de
l'Administration; je compterai deux voitures de deuil
en plus.

TABLE DES MATIÈRES

MESSIEURS LES RONDS-DE-CUIR

PUBLICATIONS NOUVELLES

94/06/M4286-VI-1994 — Impr. MAURY Eurolivres SA, 45300 Manchecourt.
Nº d'édition 15306. — 3ᵉ trimestre 1966. — Printed in France.